EN IMPORTUNANT LA DAME

DU MÊME AUTEUR :

Les oranges d'Israël,
Prix Jean-Béraud-Molson, 1972

Le sentier de la louve, 1973

Le ruban de Moebius, 1974

Onyx, 1975

chez d'autres éditeurs :

Temple oral, poèmes, 1977

Michelle Guérin

EN IMPORTUNANT LA DAME

PIERRE TISSEYRE
8955 boulevard Saint-Laurent — Montréal, H2N 1M6

Dépôt légal : 1er trimestre de 1979
Bibliothèque nationale du Québec

ISBN 2-89051-003-4

« Les femmes voient les choses d'une façon très différente des hommes ; peut-être même font-elles tout d'une façon différente et c'est cela qui devrait être compris et qui ne l'est pas. Ainsi, en littérature, une femme voit l'homme d'une autre façon qu'un homme voit un homme et même qu'un homme voit une femme. »

Monique Bosco

(*Le Devoir*, 8 octobre 1977)

« En importunant la dame »

« ...L'initiative semble échapper le plus souvent aux novices... L'expert ne peut ruminer trop longtemps devant une position complexe sans réduire dangereusement la réflexion disponible pour les coups subséquents... Le joueur apprend à reconnaître certains mouvements naturels ou obligatoires, et à exécuter ces coups rapidement quitte à parfois rater le brillant en rechange d'une simple continuation en conservant l'initiative... SI L'ON SE TROUVE CONTINUELLEMENT DANS UNE POSTURE DÉFENSIVE, PAR CONTRE, IL DEVIENT PROGRESSIVEMENT PLUS ARDU D'ÉLABORER UN CONTRE-JEU... Dans le début, les conseils sont légion contre le DÉPLOIEMENT PRÉMATURÉ DE LA DAME, À CAUSE DU HARCÈLEMENT FACILE QU'ELLE POURRAIT SUBIR... »

Léo Williams

(*chronique « Les échecs », La Presse, 1975*)

Si tu voyais, Francis, comme je suis installée. Une longue cabane près du lac, sous les arbres, à un bout le gros poêle en fonte et la pompe à bras. À l'autre un petit poêle Franklin qui, ouvert, se prend pour un âtre. La lampe à huile et la glacière. C'est Pierre le Taciturne qui m'apporte mon gros cube de glace déterré de la sciure de bois. Des morceaux du lac hivernal. Il est avare de mots. Il agit exactement comme ses chats. Quand je vais à sa cabane c'est surtout pour caresser sa meute féline. Chaleur, douceur et ronron. Puis ils s'en vont croiser leurs pattes sous leur poitrail en clignant des yeux, soudain lointains, presque ennemis.

Une demi-heure de bicyclette pour aller au village, quand j'ai besoin de nourriture, d'allumettes, d'huile à lampe, de savon. Perdue dans mon coin de forêt. Nue dans l'eau du lac en forme de poire, comme un utérus. Je redeviens foetus dans cette eau tiède. Nue sous le soleil qui me brûle les seins et me chauffe le ventre. Qui éclate en rougeoiements striés de vert derrière mes paupières fermées. Mes oreilles envahies de chants d'oiseaux, celui qui compte inlassablement « Dix-huit, dix-huit » et l'autre qui ricane ; le petit cri clair et pressé, la mélodie modulée ; l'air fendu d'un froissement de plumes ; le colibri vibrant, piqué du bec dans mes robustes zinnias. Le frou-frou vert des feuillages sous le geste gaillard du vent. L'écureuil noir, menottes sur le cœur, petit moine nerveux toujours prêt à fuir, sautant dans ma main étoilée d'arachides. Le cri nocturne de l'engoulevent, un peu sinistre. Le concert des rainettes au loin pour saluer le soir brunissant.

Quand il pleut et fait frisquet, j'allume mes deux poêles, le gros et le petit, l'un fermé et l'autre ouvert. Le feu pétille. La mitraille de la pluie sur les vitres et sur le toit. Quand il pleut je pleure un peu. Mon cœur est infiniment triste. Et pourtant tout cela demeure beau. Le paysage change. Je me renferme et j'étouffe. Je me sens prisonnière.

Mais je frotte, je mets de l'ordre. Puis je lis, et j'écris. Je tricote les heures pluvieuses sous mes doigts. Je t'écris, Francis. Jamais peut-être tu ne me liras. Mais je t'écris, Francis. Tu seras le seul à ne pas comprendre si un jour tu me lis. Écrire c'est vider l'abcès. Mais c'est aussi un peu entretenir la plaie ouverte. Ce qui a failli me tuer est ma seule raison de vivre.

Robert vient me voir parfois. Il m'apporte un peu d'argent, de quoi manger, et me demande :

— Qu'est-ce que tu veux, Julie ?

Et je réponds toujours :

— Des livres et de l'argent, Robert.

Et il continue invariablement :

— Quand reviens-tu à la maison ?

Et je réponds comme d'habitude :

— Je ne sais pas, Robert.

Il tend la main vers ma taille. Et je dis non. Il ne saurait pas plus qu'avant. Moi je sais, toute seule. Je n'ai pas besoin de lui.

Et je pense encore à toi, Francis. À notre amour avorté. Et je me demande encore pourquoi ? Et s'il m'arrive de m'enchevêtrer à nouveau dans le faisceau des suppositions qui m'ont crucifiée jusqu'à la crise, alors de toute la nuit je ne dors. Je roule sans fin dans les vagues de mon drap. Et je m'énerve de ne pas perdre conscience. Puis vaincue j'avale un petit comprimé qui m'écrase. Et je me lève au milieu du jour.

D'autres nuits c'est mon petit cinéma qui me tient éveillée. Je me vois collée à toi, peau à peau, avant, pendant et après l'amour. Mille fois j'ai imaginé tes gestes, tes mots et tes silences. Mes caresses sur ton corps, mes lèvres entrouvertes glissant au creux de tes reins pour créer le frisson qui fera onduler ton dos ; une sorte de miaulement jaillit de ta gorge. Comme c'est beau, Francis ! Si tu avais osé ! Si tu t'étais décidé ! Cette porte que tu as ouverte, tu as refusé ensuite de la franchir. Toutes les barrières que tu as mises entre toi et moi ! Jusqu'à faire un autre enfant à ta femme.

J'étais trop pour toi. Cela t'a fait peur. Tu as craint que je ne te dévore ?

Tu avais sans doute raison, Francis. Mais au moins une fois, tu aurais pu . . . Pour que mon petit cinéma ait un film tangible à dérouler sur l'écran. Que je ne sois pas réduite à la seule imagination et à l'orgasme solitaire.

J'étais prête, Francis. Je t'attendais. Toi ou un autre. J'attendais un grand amour. Pour incendier tout sur son passage. Un Colborne d'amour. Je t'ai vu à la mesure de mon image intérieure. Peut-être mon chapeau est-il trop grand pour ta tête.

Je ne souffre plus vraiment de toi, Francis. Je profite d'images qui portent ton visage. Je me souviens de tes baisers, de tes étreintes furtives. Je me sentais redevenir couventine au flirt interdit. Tu soulevais cependant en moi un torrent de passion comme seule une vraie femme peut en éprouver. Et ça n'allait pas plus loin. Je te désirais férocement, *assise* sur mon désir inassouvi, rongeant mon frein, obligée de me taire car ce n'est pas à Robert que je pouvais raconter cela. Ni à ma seule amie, ta femme.

Je me sentais mal et bien. Je te haïssais et je t'aimais. J'ai presque crevé de cette dualité. Et tu continues de vivre, toi, de la même manière, tandis que tout mon univers a basculé, et que je me suis réfugiée dans cette cabane en plein bois pour tenter de me refaire ou pour achever de me démolir. Pour vivre ou mourir.

Mon mari est compréhensif. Le médecin qui me soigne lui a fait la leçon. Mais il ne sait pas, non, il ne sait pas combien je t'ai aimé. Moi-même je m'interroge sur mes propres sentiments. Qu'arriverait-il si je te revoyais, Francis ? Est-ce que je basculerais ? La dernière fois j'ai fui ton regard qui me harponnait. Mais je le jure, on pouvait voir battre mon coeur sous ma blouse. Si tu avais osé regarder là ! Et toi, tu te demandais pourquoi j'étais devenue si distante.

Francis, tu es un idiot : un beau fruit mûr t'est offert, et tu le dédaignes. Mange la ratatouille d'Hélène ; tu t'en contentes bien, d'ailleurs. Mon fruit superbe n'est pas à la mesure de ton mince appétit !

C'est bon, la solitude. Dans le bois c'est bon la solitude. Retourner aux tâches ancestrales de la lampe, la pompe, le poêle à bois, c'est le concret, c'est dur, c'est long, il faut du temps et de l'énergie. Oublier toutes les habitudes citadines et modernes. Se déconditionner. Reconnaître ce qui est véritablement essentiel. C'est bon tout cela. Si près de la nature qu'on est moins à sa merci. J'ai toujours chaleur, eau et lumière, quelles que soient les conditions météorologiques. Je me défais progressivement de ma gangue de bourgeoise travailleuse, confortable et argentée. Des centaines de gestes à oublier. Des dizaines d'autres à apprendre : qu'il faut quelques petits coups délicats à la pompe pour la vider de son air avant d'y aller à fond pour qu'elle donne, bonne vache de fer, son eau ; que le bon gros poêle demande à être aéré de ses cendres de fond, nourri de papiers bouchonnés et de secs branchages pour offrir un feu vigoureux, avant d'y mettre des bûches, et attention, pas des bûches rondes de bois dur ou trop vert, mais des bûches fendues en quatre, bien sèches ; et plus tard si on veut faire durer le feu, fermer la clé du tuyau à demi et mettre de gros rondins avec leur écorce.

J'apprends l'heure avec les premiers oiseaux du matin. Le soleil se pique sur le bout du haut pin là-bas sur la pointe juste à midi. Il est neuf heures du soir quand chante l'engoulevent. Si les hirondelles volent en surface de l'eau et que le lac se strie de courants moirés, il va pleuvoir. Lac lisse le matin et battu de vagues l'après-midi. C'est au jugé que je reconnais le four prêt à cuire le pain. Pour ne pas effrayer l'écureuil je ralentis mes gestes en sa présence. Je ne rate plus jamais l'allumage de la lampe.

Parfois je vais chez Pierre le Taciturne — sa cabane est à dix minutes de la mienne... à pied — surtout le soir. Tu n'as pas idée, Francis, du noir de la nuit quand il n'y a pas de lune. Tu ne t'imagines pas non plus la lumière bleutée répandue sur la forêt quand la lune y est. La ville illuminée gâche tout. J'allume un fanal qui balance à la hauteur de ma cuisse. J'entends des pas de petites bêtes sur les aiguilles de pin dont le bois est constellé, ces aiguilles qui créent un sol couleur de rouille crissant et si propre.

Je frappe chez Pierre. Il a une cabane semblable à la mienne. Calfeutrée. Isolée. Il y vit l'année durant. Nous n'avons pas échangé vingt phrases depuis mon arrivée ici. Il économise ses sourires. Mais il a quelque chose de très tendre dans le regard. De tendre et d'un peu fou.

Il a sept chats. L'un d'eux m'ignore superbement, il est tigré avec des lignes noires autour des yeux; deux d'entre elles filent vers ses oreilles: on dirait de petites lunettes! Celui-là je l'adore de loin. Comme toi, Francis. Les chats ont tous leur personnalité. Celui-ci se jette sur le dos et se tortille passionnément quand je lui parle. Celui-là jase d'une voix grave, à petits coups. Cet autre m'a enseigné d'un coup de patte griffue à ne pas lui toucher le ventre. La chatte noire est d'une sensualité et d'une tendresse à faire déborder le lac, je ne finis plus de gratter doucement ses joues, son cou, et ce petit espace au poil plus rare juste entre l'oeil et l'oreille. J'oublie tout quand je suis parmi les chats ; ils me fascinent, m'englobent, me font leur. Pierre me regarde, laisse échapper un minuscule rire moqueur, puis se remet à sculpter ses petits voiliers de bois. Je me sens bien.

Quand je veux retourner chez moi il rallume mon fanal, me fait bonsoir de la main, sa tête à midi moins dix. Je retrouve le silence murmurant du bois, les derniers tisons pétillant sous la fonte noire du poêle à bois dans ma cabane. S'il fait assez chaud je glisse dans l'eau de satin sombre. Je suis bien. Si ce n'était de ta blessure, Francis, je n'aurais pas connu ce bien-être. Ni cette bonne solitude. Ni cette amère solitude du coeur.

Maudit Francis.

* *
*

Francis ferme la porte derrière lui. Le lit, grande présence carrée brune. Lit étranger. Inconnu. Face à face Julie et lui, ils se regardent avec intensité, sans se toucher. Ils s'accrochent du regard. Si passionnément qu'ils en tremblent. Très doucement Francis pose un baiser sur les lèvres de Julie qui ferme les yeux, chavirée déjà. Puis il encadre son visage de ses deux mains incroyablement satinées, murmure son prénom d'une voix soudain grave. Elle tend ses bras, les appuie sur sa chemise, remontant lentement vers le cou de Francis, qui la prend par la taille, l'appuie degré par degré contre son propre corps, puis l'étreint à la casser, l'embrassant à pleine bouche.

Lentement elle défait les vêtements de Francis, puis se laisse dénuder avec tendresse. Étendus côte à côte, ils se caressent. « Mon amour ! — Je t'aime ! » Sur tout son corps tendu il embrasse chaque surface, chaque îlot charnel, chaque repli. À son tour elle glisse ses lèvres entrouvertes sur lui, s'attarde à descendre d'une bouche mouillée la pente douce de la colonne vertébrale, dessinant la traverse de cette croix impudique et passionnée le long des reins, et Francis frémit, se plaint. Les caresses deviennent plus précises, plus sensuelles. Les deux souffles mêlés se précipitent, Julie se met à gémir puis crie et retombe quasi morte, les lèvres séchées collées à ses dents. Puis la course reprend, et Francis s'abat sur elle comme un arbre au moment fatidique en grognant comme un petit ours.

Cette première fois! Ce moment unique! Mieux encore que rêvé. Ils s'émerveillent l'un de l'autre. Le monde vient de naître dans l'éblouissement. Les voilà soudés, prisonniers l'un de l'autre. La soif apaisée sera demain plus vive encore. Chaque coupe d'amour partagée créera la chaîne sans fin d'une soif toujours multipliée. Douce cruauté.

— Enfin nous, Francis. Enfin nous !

— Julie, mon amour !

Ils ne pourront pas dissimuler cette joie dont ils resplendissent. Les voyant ensemble, même s'ils s'efforcent de revêtir le masque anodin de la camaraderie, les autres ne pourront que s'en apercevoir, c'est certain.

....

....

Elle est merveilleuse, mon imagination. Mon petit cinéma sentimental et érotique m'offre des images si émouvantes que me voilà en transes, sexe et cœur battant la chamade. Deux cents fois, Francis, j'ai imaginé cette scène. Les détails ne changent jamais. Ce qui me manque c'est ta véritable réaction, à laquelle je réagirais. J'en suis réduite à supposer. Je t'invente des caresses pour moi, des mots, des impressions. Dans mes rêves tu es une partie de moi et non toi-même.

Je me demande si ces rêves sont bons pour moi. Si je devrais continuer à les évoquer. Le psychiatre m'a dit que je trouverais moi-même la réponse (cet imbécile, pourquoi le paye-t-on, alors?). Il fut un temps où je te chassais systématiquement de mon esprit, après avoir eu les pensées enceintes de ta continuelle présence. Je ne sais ce qui me faisait le plus de mal ou le plus de bien.

D'abord j'ai souri avec indulgence à tes premières approches. Tu te souviens trop bien de ce soir où je t'ai laissé m'étreindre en dansant, m'embrasser, me mener jusqu'à la porte de ta chambre, alors là j'ai ri puis tourné les talons. Cela te fut une injure. Je ne t'aimais pas. Pas du tout. Tu me déplaisais, même. Physiquement tu m'attirais, mais cela se passait au temps de ma stricte fidélité par principe. J'ai évolué. Toi aussi. Tu es devenu moins insolent. Moins sûr de faire tomber toutes les femmes que tu voulais dans tes bras. Moins moqueur. Moins vantard. Tu as mûri, Francis. Te voilà silencieux et grave. Tu te permets la tendresse et l'émotion. Mais, maudit Francis, tu m'as tant de fois poussée jusqu'à la pointe de mon désir et tu es allé jusqu'à susciter l'amour par tes « Je t'aime » glissés à mon oreille dans les endroits et aux moments les plus inattendus; et quand tu as eu la chance de me cueillir, quand je t'ai donné des occasions... tu t'es esquivé. Maudit adorable Francis, te venges-tu?

Pourquoi ai-je donc dix ans de plus que toi? Est-ce cela qui te retient, dis? Ou si tu as peur de me décevoir? J'attendais peut-être trop de toi, ça t'a effrayé. Je te comprends. Je veux te comprendre. Même si tu n'as pas daigné m'expliquer.

Francis, au secours, l'eau est si noire, je vais me noyer...

—Pierre! Pierre! Au secours! Pierre! Au se......

Qui me frotte si vigoureusement le corps? Qui me fait boire ce liquide infect qui me fait... grrrawawaaaaa... vomir?

—Pierre?

—Chut. Ça va aller. Détends-toi.

—Pierre, j'ai peur!

Je claque des dents. Terreur. Goût de mort dans la bouche. J'ai peut-être voulu... Ou bien ce sont les pilules...

—Peux pas rester seule, Pierre.

—Je dors ici. T'inquiète pas.

Le chat Mako l'a suivi. Il saute sur mon lit, s'étend en sphynx sur ma poitrine. Je suis protégée.

Pierre me tourne le dos, se déshabille, se sèche. Vaincue je m'effondre dans le sommeil, le goût de mort et de vomi à la bouche. Je t'ai vomi Francis. J'ai failli mourir de toi ce soir, Francis.

Quand je me réveille, Pierre et Mako sont toujours là. Ils ont un même regard aigu et serein. Un même silence. Je n'ai pas besoin de parler, ils comprennent : j'ai traversé « la vallée de l'ombre », la nuit multiple dehors et dans mon cœur. S'il n'y a pas de véritable soleil en moi, encore, dehors il éclate comme une fanfare. Pierre me sourit. Mako voile un instant son regard vert (comme le tien, Francis) de sa paupière velue ; cela signifie : « Tout va bien aller maintenant, ma noire ». Puis ils partent tous les deux d'un même pas élastique.

Le café fume sur mon gros poêle. Lac d'huile. Air d'une transparence piquée de musiques. Ma solitude est redevenue douce.

Je ne sais rien d'ailleurs. Rien de ce qui se passe au village voisin. Rien de la ville, du pays, du monde. Cette non-connaissance est paix. Elle devient transformation, lent travail de sape, pour une renaissance ou un écrasement final.

Qu'est-ce que je fais ici, Francis ? Je fuis. Je médite. Je me replie. Je me découvre. Je me sépare de tout et de tous pour retrouver le vrai moi parmi le fouillis d'images de moi réfléchies par les autres et par la vie ordinaire. Si je rencontre le vide, l'inconsistance, l'inutilité... cette cabane aura été ma prison, mon salon funéraire. Si je trouve les valeurs importantes (si importantes qu'on les écrivait avec des majuscules autrefois), si je découvre l'amour, même crucifiant, si je décode le sens de la vie (ce que j'appelle vivre et pas seulement exister et fonctionner), cette cabane aura été le lieu de ma naissance. Au fond, Francis, tu es peut-être uniquement le prétexte. La mèche, l'amorce. Cette crise devait exister déjà en moi, larvée, chargée de puissances endormies pouvant me détruire ou me reconstruire. De toute façon elle doit d'abord me détruire : car je suis devenue un cœur-taudis. Je me servirai de toi comme pic, ensuite comme marteau.

Au moins si je pouvais comprendre la raison de ton attitude. Si tu m'avais expliqué. Quand je m'acharne à trouver des explications je me démolis, je me sens serrée dans les mailles d'un filet étouffant. Mais je suis peut-être ici pour chercher la lumière nichée au creux même de l'obscur, pour comprendre qu'au cœur de la lumière gît l'obscurité. Que l'amour est peut-être seulement désir inassouvi, de ta part comme de la mienne.

Je me fais l'impression de jouer un grand jeu d'échecs ; tu peux à tout moment intervenir. Je ne sais comment parer tes parades. Car elles sont inattendues... quand elles viennent. Tu aimes qui se défend. Tu fuis qui s'offre. Tu aiguises à plaisir tes dents sur un bouclier et quand il cède, tu t'éloignes. C'est mal, Francis. Le sais-tu, au moins ?

Pour toi le temps ne compte pas. Pas encore. Pas vraiment. Moi j'ai quarante ans. Quand tu seras prêt, toi, peut-être je ne le serai plus. Mais je regretterai, je crois, ce qui aurait pu être et ne fut pas, et qui promettait des merveilles. Celles que j'attendais encore de la vie. Avec l'impatience de mes quarante ans fébriles et la fragilité de mon épanouissement physique, car je me sens belle et menaçée. Menaçée et affamée. Tu m'apparaissais comme l'oasis dans un désert confortable et sans surprises. Comme le prince de la belle au bois dormant (c'est la belle qui dort, non le bois, rappelle-toi Francis, de la discussion que nous avions eue, toi, Hélène et moi). Il eut mieux valu, peut-être, qu'il n'y ait pas d'oasis et que mon coeur décède gentiment à l'intérieur d'un corps englué dans la conformité ; qu'il n'y ait pas de prince charmant afin que je continue à dormir. Tu sembles plus mirage qu'oasis.

Je te parle ainsi, Francis, quand je regrette le chambardement de ma vie. Cependant j'ai souhaité n'importe quoi pour rompre l'uniformité, la grisaille. La guerre. L'incendie. La révolution. Pour me sentir vivre. Pourtant au creux de mon univers dévasté et de ma solitude, il existe un petit noyau de joie interne qui veut retrouver sa radioactivité. Ma fuite se transformera peut-être en découverte. Tout acquiert une autre dimension ici. Moi en premier. Ma retraite — très fermée et sans prêcheur ! — devient source de révélation (sans majuscule et sans religion). Mais je me demande si je suis — ou si je deviens — telle à cause de l'environnement et si ce nouveau moi qui lève est étroitement lié à cet environnement-là... De retour en ville, dans la vie ordinaire, si j'y retourne, l'ancien moi ne reviendra-t-il pas à toute allure, reprenant sa place ?

Les questions que je me pose sur moi me fascinent presque autant à présent, que celles sur toi. Car, comme la lune, je découvre lentement ma face cachée.

Je t'écris, Francis. Je me demande à présent si jamais tu recevras cette longue lettre. Si oui, t'intéressera-t-elle ? Tu n'as pas encore lu — tu me l'as avoué — mes cahiers de poèmes. Tu n'es pas vraiment intéressé à moi. Mérites-tu le torrent de sentiments sur lequel tu as ouvert les vannes ? Je devrais peut-être te mépriser pour t'abolir, Francis. Mais à condition que tu ne reparaisses jamais dans ma vie. Hélas si je retourne en ville tu reviendras dans mon environnement ; travailler ensemble est la pire des excuses. Il faudrait que j'abandonne mon travail. Mais à quarante ans, un travail pareil, ce n'est pas facile de le retrouver ailleurs. Je n'ai pas la vocation domestique. Oh Francis, porte ouverte puis claquée à mon nez ! Ma frontière et mon douanier. Ma fureur de vivre et ma fureur de mourir !

Ma question fondamentale envers toi est celle-ci : faut-il te tuer en moi ou espérer en toi ? J'ondule constamment entre toi et ton image.

Tu m'as dit, ce dernier jour où nous nous sommes vus : « J'en suis à la phase intellectuelle de notre amour. Sois patiente, c'est la première fois que cela m'arrive. »

Cependant le jour où je te vis sortir du motel avec ma propre sœur — plus belle, plus jeune que moi, mais plus superficielle — je ne sais pas qui j'ai le plus haï : elle ou toi.

Ou moi.

Tu m'as expliqué qu'avec Camille ce fut juste une affaire de bonjour-bonsoir-merci. À la seule profondeur de l'épiderme.

— Me cherchais-tu en elle, Francis ?

— Oui et non. Camille c'est autre chose. Vous êtes différentes. TOI tu es différente d'elle et des autres.

Ce ne sont pas des explications, ça. Est-ce que je te rendrais impuissant, et tu n'oserais l'avouer ? J'ai malheureusement causé sans le vouloir cet effet chez d'autres hommes. Par excès de désir ou à cause de ce qu'ils percevaient, sans l'analyser, de mes attentes profondes. J'ai eu peur que ce soit aussi relié à ma terrible intelligence. À mon affreuse lucidité. J'ai joué le jeu autrement ; ça les a pris au dépourvu. De sorte qu'il a fallu découvrir à mes propres yeux la mesure de ma séduction, ma capacité à susciter le désir jusqu'à son accomplissement. Je me suis laissé aimer par d'autres hommes, attentive au seul plaisir qu'ils me procuraient, indifférente à leur corps. Toi, j'ai eu envie de te caresser. Ton corps, je l'ai désiré. Le tien et celui de mon mari, mais lui, c'est moralement qu'il m'impose ses frontières, il avorte toutes mes initiatives par son propre refus maladroit. Ses gestes sont furibonds, désordonnés, papillonnants, sur moi il cherche à éveiller son propre plaisir, le mien ne le concerne pas.

Si tu pouvais mesurer, Francis, à quel point les hommes marquent des époques dans une vie de femme ! Tu signes l'existence d'Hélène — ta femme, mon amie — de vivants jalons ; tu l'aimes enceinte. Tu t'émerveilles devant un ventre prometteur, face aux conséquences terribles et merveilleuses de tes propres gestes.

Tu sais que je repousse la maternité. Elle ne me fut rien d'autre qu'une série de croix. En cela je te semble peut-être moins femme ; tu ne peux m'imposer ta vie, une parcelle de toi grandissant en moi.

Je suis peut-être ton égale ? Te sentirais-tu — j'en suis réduite à me poser des questions sans réponse — moins homme ? Tu sais, Francis, rien n'est plus bête et plus douloureux qu'une œuvre laissée en plan. Cela ressemble à un échec. Le cœur peut supporter bien des tragédies... mais fort mal l'échec. Rien n'est plus contraire à la vie que l'inachevé. Pourtant Schubert en a fait une symphonie. C'est peut-être pour ça que je l'adore (Schubert avait mis de côté sa symphonie, pensant la terminer plus tard. Il avait peut-être perdu le goût de la continuer. La mort lui a enlevé le pouvoir de l'apothéose. Elle aurait été grandiose. Ce dernier mouvement, qui ne fut jamais, mais qu'on devine appelé par les deux premiers, est sublime par son absence même. Par son silence).

Si je te transforme en symphonie, Francis, est-ce que je t'achèverai ?

Je me tourmente, mon beau Francis aux cheveux couleur d'écureuil, aux yeux maritimes, car dépendant de l'heure, de l'oblique du soleil, de la brunante, de l'opacité lumineuse de la nuit forestière, je t'aime ou je te déteste, je t'appelle ou je te vomis. Hier soir je te rejetais. Ce matin le lac calme, le soleil si éclatant, exaltent mon désir de toi. C'est pénible et merveilleux. À la fois.

À force de t'imaginer, tu vas finir par devenir irréel. Plus grand que nature. Je te trouverai peut-être alors si petit qu'il m'aura semblé idiot d'avoir bulldozé ainsi mon existence à cause de toi. À moins de te consacrer comme prétexte.

Je ne sais si je dois te fuir ou te désirer et t'attendre. J'ignore si je veux pouvoir t'analyser dans ta vérité ou dans la mienne, autrement dit t'accoler définitivement une des nombreuses étiquettes qui voguent dans mon cœur comme des centaines de petits bateaux différents, pour te ranger sur une tablette et t'oublier. Tout en continuant à travailler près de toi, mais sans te regarder.

Est-ce possible d'en arriver à l'indifférence ? Tu ne serais pour moi qu'un épisode ? Au point que plus tard j'aie peine à me souvenir de ton nom et de la couleur de ton regard, et à la mention d'un de tes gestes je n'aie même au plus profond de moi qu'un haussement d'épaule ?

Ce serait la paix. Mais l'insipidité retrouvée. À moins qu'un autre... Mais je n'en souhaite même pas en ce moment.

Quand tu auras quarante ans, quand Hélène aura quarante ans... tu comprendras, Francis, et tu regretteras le temps perdu, le bateau raté. Le trop-tard est encore plus terrible que le j'aurais-dû.

*   *
*

C'était juste avant l'aube. Des coups à ma porte. Brusque angoisse, coups sourds au cœur. Un châle sur mes épaules, j'ai avancé au milieu de la pièce et aperçu, éclairé par la lanterne qu'il tenait à hauteur de son visage, la tête de Pierre le Taciturne. Ses yeux quasi fous.

— Pierre ?

— Viens vite. C'est Mako. Il est mourant !

Le beau chat d'or aux yeux de pâle lune, hier encore l'image même de la jeunesse, le geste souple, le bond leste, le sens du jeu et de la chasse vite soulevés par un brin d'herbe qui bouge ou un oiseau posé dans le sentier, l'appétit appliqué, le regard serein du philosophe accroupi les mains en manchon... Mako, mourant ?

Dans la cabane de Pierre, un spectacle terrible. Les autres chats montent la garde, sur un meuble, sur le rebord de la fenêtre, sur le tapis. Tous les regards dirigés vers cette boule de poil terne parfois agitée de soubresauts, respiration sifflante abaissant à un rythme affolé le flanc, la gueule et le nez répandant des sécrétions blanches abondantes.

— Il vit avec moi depuis seize ans. La vieillesse l'a pris d'un coup. Il n'y a rien à faire.

Je reconnais à peine la voix de Pierre. Il est assommé, brisé.

— C'est mon premier chat. Mon meilleur ami. Je savais que cela viendrait un jour. Mais cela me semble... impossible, inacceptable.

Vite, vite, j'ai songé au vétérinaire. L'amener en ville, en pleine nuit, dans un panier à bicyclette ? Il mourrait en chemin. Ou ce serait pour se faire dire qu'il est trop tard. Qu'il est trop vieux.

Mako soulève sa tête, son regard plein de brouillard, ouvre sa gueule baveuse et pousse un long miaulement de souffrance. Pierre gémit :

— Mako ! Mako mon pauvre vieux !

De nouveau des soubresauts traversent son corps, et un torrent de morve et de bave jaillit de son nez et de sa gueule.

— Depuis combien de temps, Pierre, est-il comme ça ?

— Deux bonnes heures, peut-être plus, je ne me suis pas réveillé tout de suite au début. C'est quand je l'ai entendu crier pour la première fois... Après je l'ai transporté ici... J'ai essayé de le frictionner, de le faire boire...

— Aurait-il mangé quelque chose qui... ?

— Il n'a rien avalé depuis hier matin. C'était le

premier signe, je suppose.

— Il semble lucide, en tout cas. Ça ne serait pas de l'épilepsie.

— Son ventre lui fait mal, regarde, Julie, il se plaint même si je touche très doucement d'un seul doigt.

Mako râle doucement au geste de Pierre.

— Il est vieux, Pierre... et puis cette maladie... On n'y peut pas grand chose!

— Je sais...

— Il souffre beaucoup... Tu devrais peut-être...?

— Non! Je ne peux pas, non, Julie, je ne peux tout simplement pas tirer dessus!

De part et d'autre du chat mourant, Pierre se lovait en croissant, en bouclier autour de son vieil ami félin, moi je m'étais accroupie sur le tapis, tenant entre mes pouces et mes index les menottes du chat, les massant doucement. Pierre caressait sa tête, ses joues. Mako nous gratifiait de temps à autre d'un regard voilé, tendre et triste. Il savait. Nous savions tous. Même les autres chats attentifs déployés autour de la chambre. Le jour blanchissait. Mako se plaignait, crachait, tremblait, le rythme de sa respiration s'accélérant, chaque souffle réussi au prix d'efforts lamentables. Il m'apparaissait cruel de laisser souffrir cette bête, mais ça me semblait tout aussi cruel d'insister auprès de son maître pour qu'il abrège de si pénibles instants. Je me taisais. L'émotion me nouait le souffle.

Dans mes doigts j'ai senti refroidir le bout des menottes. J'ai touché aux pattes arrières, aux cuisses, tout cela déjà raide et glacé. La mort monte par les pieds. Quand elle rejoindra le cœur... Le corps de Mako s'est soudain bandé comme un arc, puis après un dernier hurlement pire que tous, il est retombé inerte. Mon oreille contre son thorax n'a perçu que silence. Pierre a commencé à chanter, d'une voix défaillante : « C'était mon copain, c'était mon ami... » puis il s'est écroulé, la tête sur le corps de Mako, sanglotant.

Des larmes d'homme, c'est insupportable ! Je me suis mise à pleurer aussi. Me diras-tu, Francis, que c'est ridicule ? Non, je crois que tu comprendrais, tu es sensible et réfléchi. Par la mort de Mako s'écroulait un morceau de Pierre. Leurs vies mêlées depuis seize ans. Attachés l'un à l'autre comme un humain et une bête peuvent l'être, surtout quand l'humain a renonçé aux liens avec ses frères de sang, et choisi la société des chats auxquels il est tellement apparenté.

Les autres chats n'ont pas quitté leur vigie immobile. Mako est irremplaçable. En regardant ce qui restait de lui, cela m'a semblé un sacrilège, un pillage inutile : il aurait pu partir en beauté. Mais la mort saccage toujours tout. La fourrure d'or vif soyeuse et fournie ? Touffes de poil jaunâtre et terne. L'œil d'absinthe chatoyant ? Deux cailloux boueux. La grâce de la pose alanguie ? Un corps incurvé aux pattes tendues en l'air figées en un grotesque et inutile appel.

Le temps passe. Silence. Sanglots. J'attends. Quand enfin Pierre relève la tête, le regard injecté, son visage est si terrible qu'un instant je songe à fuir. Les peines trop lourdes, mal annonçées, inacceptées, sont parfois génératrices de violence : Pierre m'a semblé prêt à tout démolir autour de lui.

— Pierre... si tu veux, on va faire de belles funérailles à Mako. Hein ?

Il me regarde, affolé. Puis, degré par degré, la tension violente tombe. Maigre sourire.

— D'accord, Julie.

Comme un linceul il a choisi un beau foulard de soie. Pendant que je nettoie la petite dépouille, Pierre va dans le hangar ; je l'entends scier et clouer. Longtemps. Il revient tenant un petit cercueil de planches recouvert à l'extérieur d'écorce de pruche, et dedans, d'écorce de bouleau blanc. Il a fait au fond une paillasse de fougères. Il prend le corps du chat, le presse un instant contre son visage, puis referme le foulard de soie et le dépose dans le petit cercueil.

— Attends, Pierre, je reviens !

J'ai cueilli une brassée de fleurs de trèfle blanches si odorantes. J'en recouvre le petit cadavre drapé dans la soie.

— Ce sont les aromates !

Pierre sourit encore faiblement. Cette idée l'émeut. Puis il ferme le cercueil et le cloue. Et nous sortons. Il faut bien choisir l'emplacement. Tiens, celui-là, sur la pointe, face au lac. Oui. Pierre creuse avec une pelle ronde. Moi je prends la fourche et je pars chercher cette belle touffe de marguerites jaunes à cœur brun pas loin d'ici. Il faut la soulever délicatement, prendre toutes les racines. Ça y est ! La touffe fleurie est lourde au bout des dents de la fourche. Elle est de la couleur même du disparu.

Quand je reviens Pierre a déjà creusé un bon trou et s'essuie le front du revers de sa manche. Aussi les yeux en passant, discrètement.

Nous allons chercher le petit cercueil. Pierre le porte gravement. Je marche derrière lui. Les chats se faufilent par la porte ouverte. Pierre dépose le cercueil dans le trou, et commence à le recouvrir de terre. À mi-chemin de son travail j'apporte la touffe de marguerites jaunes et la maintiens, pendant que Pierre remplit autour et tape bien la terre avec ses bottines. J'apporte du lac un seau rempli d'eau dont j'asperge la terre autour des fleurs transplantées. Pour qu'elles, au moins, survivent. La couleur des fleurs rappelle à l'homme triste celle de Mako. Pierre reste debout, les deux mains arc-boutées sur sa pelle, les yeux rivés sur l'étincellement d'or.

— Vois-tu, Pierre, les racines vont prendre ce qui reste de Mako. Elles vont s'en nourrir peu à peu. Elles vont refleurir chaque année plus imprégnées de Mako. Et Mako vivra à travers elles, toujours près de toi, tant que tu seras ici !

— Oui... Oui... merci Julie !

Il semble rivé à cette place. Autour de nous les chats vont et viennent, leur perception aiguisée agitée par le drame. Le chat tigré, Monseigneur, s'approche de la tombe, hume les fleurs, et d'un coup de patte en fait tomber une. Geste curieux, mais ce qui allait suivre, Francis, c'est épouvantable ! Pris d'une fureur sans commune mesure avec le coup de patte de Monseigneur, due plutôt au terrible chagrin, Pierre court après le chat, le rattrape, l'élève, toutes griffes battantes, à la hauteur de son visage, et l'étrangle !

— Maudit Monseigneur, tu n'as jamais voulu que je te touche, tu m'as toujours regardé avec dédain, tu t'es tenu à distance des autres chats, et maintenant tu viens profaner la tombe de Mako ? T'as eu ce que tu méritais, maudit Monseigneur ! Tiens, sale bête, t'es rien qu'un ANIMAL !

Il rejette au loin la dépouille du chat assassiné. Je suis paralysée par la stupeur et par l'horreur. Pierre, les mains zébrées de coups de griffes et déjà rougies, me regarde sans savoir quoi faire. Il savait que Monseigneur était mon préféré. Car il était l'inconquis. Comme toi, Francis. Et il venait de l'immoler à sa colère, à son refus de la mort de Mako. C'est moi qui ai pris la pelle et qui ai creusé le trou pour y déposer Monseigneur. Et sur la tombe j'ai mis une pierre plate. Puis je suis venue m'asseoir près de Pierre, au bord du quai. Il lavait ses mains dans l'eau du lac. À la fois pour les soigner et pour les purifier. J'ai gardé le silence.

— Ils peuvent tous mourir. Tous ! Pas un ne vaut Mako. Pas un ne pourrait le remplacer. Pas un n'était avec moi depuis si longtemps. Pas un n'était si près de moi, si pareil à moi, si lié à moi !

Je lui ai juste demandé, gravement, avec simplicité, d'épargner les autres. De se laisser aimer par eux. Et de croire en mon amitié. Tout cela ne peut en effet remplacer Mako. Mais tout cela peut aider à éloigner le mal petit à petit.

C'est un deuil, Francis. Même s'il s'agit d'une bête. Ce fut une bête aimée, vivant dans un partage intime. Un lien s'est rompu. Et cela fait mal. Il est malséant dans « le monde » de pleurer un animal, pourtant je te jure, il y a des morts humaines qui peuvent amener beaucoup plus d'indifférence ! Tout est une question de relation, de la qualité des liens avec l'être disparu, que ce soit un chat ou un homme. Les liens du coeur sont le plus important de la vie. Pas de liens, tu meurs... ou tu deviens une machine inhumaine.

J'ai passé la journée près de Pierre. En silence. Parfois il parlait un peu de Mako, des souvenirs qu'il partageait avec lui. Je lui ai demandé s'il croyait à la réincarnation. Il a répondu qu'il voudrait y croire, surtout aujourd'hui. Alors je lui ai dit : moi j'y crois fermement, Mako était seulement une phase dans une existence, il revivrait sous une forme supérieure. Peut-être chez un humain. Il serait peut-être donné, à lui, Pierre, de reconnaître un jour dans un autre être vivant l'âme de Mako. Les marguerites jaunes, de plus en plus, deviendraient la réincarnation végétale de son corps, jusqu'à se pénétrer totalement, à travers leurs racines, de sa substance.

Pierre a pris ma main, l'a serrée jusqu'à la broyer, puis l'a embrassée. Et m'a demandé de partir, car il se sentait redevenu raisonnable et pouvait supporter son chagrin.

Je craignais de le laisser seul, tu sais, Francis. J'avais été témoin de son sursaut de violence, et j'avais peur qu'il ne détruise, qu'il ne tue. Qu'il ne se tue. Mais je suis partie. Et après cette journée terrible de mort, de funérailles, de meurtre et de jeûne, imagine les cauchemars dont mes rares instants de sommeil ont été peuplés !

Le chat Monseigneur, couché sous la pierre et non sous les fleurs, avait été immolé parce qu'il n'avait pas su créer de liens. C'était hélas inscrit dans ses gènes. Certains chats, certains humains, sont ainsi des êtres absolument seuls, et un jour la destinée les punit de n'avoir pas su accepter au bon moment les mains qui se tendaient. Jusque dans sa tombe tout être demeure ce qu'il a été : une gerbe de fleurs ou une pierre !

Quand je pense à Monseigneur, je pense à la fois à toi, Francis l'inconquis, et aussi à Robert, l'homme de roche.

Pierre serait du genre fleur piquante. Pauvre Pierre, si malheureux de la mort de son chat ! Si agressif ! Et si sombre !

* *
*

Pluie drue sur le toit de tôle. Unique et vaste bruit d'eau sur un silence d'arbres et d'oiseaux. À travers cette douche, un grincement régulier. Je reconnais la mélopée rouillée de la vieille bicyclette de Pierre. Il sort par un tel temps ? Je me jette à la fenêtre, et l'aperçois au détour du sentier qui m'envoie un au revoir de la main. D'ordinaire quand il pleut c'est la solitude totale. Pierre s'enferme chez lui. Moi ici. Fallait-il que ce soit important pour qu'il sorte, qu'il aille vers le village !

Dévêtue, j'ai dénoué mes cheveux, et suis sortie prendre cette douche tiède et douce à nulle autre comparable. L'eau sur moi, que c'est bon, Francis ! La nappe mouillée de mes cheveux me faisant une chape froide et lourde collée au dos. Je déjeune, enturbanée, aux pétillements de mes feux. Je me sens curieusement bien. Et en même temps fâchée contre le ciel braillard, contre l'absence de mon dieu-soleil. Errance vague, touchant à un livre, au rebord d'une fenêtre, au dossier d'une chaise. Lentement la sensation d'être prisonnière remonte en moi ; confinée, telle une malade à sa chambre. Cabane soudain petite dont j'ai trop vite fait le tour. Et plus envie de me mouiller dehors.

Bon temps pour faire du pain. C'est long, ça occupe les mains, c'est symbolique ; l'esprit aussi réfléchit sur le levain, l'odeur douceâtre, le gonflement de la pâte, son élasticité quand je la pétris (elle me fait des petits « couics »). Il y a tant de choses à ne pas oublier pour que le pain lève bien, qu'il cuise à la bonne chaleur, que la croûte soit croustillante, dorée et luisante ! Faire boulangerie demande une inspiration spéciale, des mains sensibles, des bras robustes, une patience de moine en prière. Ma journée y passe ainsi, et quand enfin je coupe un pain fumant, des tranches épaisses où fond le beurre, c'est tellement délicieux que si je croyais encore au péché, c'en serait sûrement un de gourmandise. La mie légère et chaude coule dans ma gorge ; je voudrais être avec toi, Francis, et l'avoir été tout le long de la panification, pétrissant dans la pâte un peu de ta sueur amoureuse restée dans mes mains. Je voudrais que tu cueilles entre mes lèvres ce morceau de croûte dégoulinante de beurre pour le manger goulûment, comme si je donnais la becquée à un oiseau apprivoisé.

La pluie s'est arrêtée. Le soleil déploie ses draperies rouges et cramoisies pour se faire pardonner, juste avant la nuit. Le grincement de la bicyclette de Pierre se manifeste. Il revient, un petit paquet dans son panier. Il est resté longtemps au village pour si peu !

— Pierre, j'ai fait du pain, il est encore chaud. Viens en manger !

— Oh ! Wow !

Il dévore un pain complet, le visage pétillant, se pourlèche comme ses chats en grommelant :

« C'est donc bon, ça ! ». Humeur charmante. Il me remercie et me complimente à n'en plus finir. Jamais je ne l'ai vu aussi joyeux, aussi ouvert et communicatif. Tant que cela m'inquiète. Si Pierre le Taciturne n'est plus taciturne... il se passe quelque chose ; ce bonhomme est si bizarre, si déroutant, que sa gaieté me communique une légère angoisse.

— Viens demain après-midi... je te montrerai quelque chose... S'il fait beau, évidemment !

Ses vêtements trempés dégagent une puissante odeur de mâle peu lavé.

— Ce que je cherchais, ils n'en avaient pas au village. J'ai été obligé d'aller en ville. C'est pour ça.

— Voyons, Pierre ! Sous la pluie battante, à bicyclette, et combien d'heures ?

— Oh, sais pas au juste, cinq heures ? Six heures ?

— Ce n'est pas raisonnable. Tu vas être malade !

— Moi, malade ? Jamais. C'était important. Il fallait. C'est tout. Je t'attends demain. O.K ? Merci encore pour le pain. Délicioso !

Preste écureuil il est parti.

Mission accomplie, il se sentait léger, heureux. Et invincible. Me reste à connaître le sujet de cette mystérieuse mission!

Tu sais, Francis, je dors peu. Alors je lis beaucoup. En ce moment je plonge dans les mémoires de Robert de Roquebrune, en songeant que ma mère a connu plusieurs des personnages parfois illustres qu'il évoque. Elle aurait été heureuse de lire ces trois volumes. Je me suis mise à penser à elle. Quand elle partit pour l'autre monde, elle croyait sa fille heureuse épouse et heureuse mère; c'est une grâce pour elle de ne pas me voir le cœur délabré et toute ma vie remise en question, amoureuse d'un garçon bien plus jeune que moi qui me mène jusqu'à la pointe de mon désir puis applique les freins, comme nous faisions, adolescents, à cause des «principes». Je ne sais pas si elle t'aurait aimé, Francis, ou haï; elle était entière, elle ne pouvait admettre l'indifférence, elle était ardemment aimante ou férocement haineuse. Dans tous ceux qui m'approchaient, peu méritaient son indulgence ou sa grâce; car elle ne trouvait personne digne de moi. Même Robert, bien qu'elle ait su l'apprécier. C'est mon père qui s'en était entiché.

Mais pourquoi donc je te raconte tout ça, Francis? Tu le sais déjà, je suis si bavarde avec toi... Mais toi hélas, passé un certain niveau, tu tires le rideau, tu fermes la porte sur tes pensées et tes souvenirs. Nous avons causé des heures ensemble... tant qu'il ne fût pas question de tes sentiments.

Soleil de nouveau ce matin. Joie enfantine toujours neuve. Dehors, je cours les bras tendus, virevoltant dans la lumière. Le monde hier rétréci aux murs de ma cabane est redevenu vaste et brillant, brodé de musiques ténues. Le canoë à l'eau, d'un aviron silencieux plongé en cadence, tiré puis tourné dans l'eau, je glisse sur la surface lisse du petit lac en forme de poire. Parfois un poisson saute en l'air et retombe dans un éclaboussement de cristal. Une rainette au garde-à-vous sur un nénuphar me regarde passer. Un martin-pêcheur effleure l'eau près de la rive, et un huard effrayé plonge. Personne d'autre sur ce lac que moi. Pierre est mon unique voisin. La paix si intense me transforme en statue dérivante, le geste paralysé à mi-chemin par la contemplation. Je ne songeais même pas à toi, Francis. Ni à Robert, ni au petit, ni à mon salaud de patron. Presque le vide en moi, le seul bien-être dégusté lentement.

J'ai grignoté un peu, puis je suis allée chez Pierre. Il m'attendait, assis dans sa chaise berçante sur le perron. Il m'a juste dit : « Viens » et je l'ai suivi. Sur la tombe de Mako les marguerites toutes redressées témoignaient du succès de la transplantation. Pierre et moi y avons jeté un regard. Un peu plus loin, la tombe de Monseigneur. J'ai aperçu avec stupéfaction le mot « Monseigneur » écrit sur la pierre en lettres gothiques dorées, le M tout enluminé comme dans les anciens livres.

— La peinture dorée, ils en avaient au village. Mais des modèles de lettres comme ça... il a fallu que j'aille en copier à la bibliothèque en ville. Si tu avais vu comme la dame au comptoir me regardait, mal attifé, et tout mouillé ! Elle devait avoir peur que je lui vole son livre !

— C'est très beau, Pierre. C'est bien, aussi ; ça répare un peu... Je te félicite.

— Pourquoi ? Pour les belles lettres dorées ou pour la réparation ?

— Les deux.

Il m'a expliqué pourquoi il avait senti l'urgence de ce geste. Que la pluie devenait une punition supplémentaire pour son geste. Il s'était senti fatigué presque à mourir, mais avait accompli son devoir.

— Tu vois, Julie, Monseigneur était noble. Il nous méprisait tous et il avait raison. Il trouvait sûrement Mako trop servile, comme un chien. Monseigneur ne donnait rien, on lui devait un culte. Mais quand Mako a été mort et enterré, il s'est peut-être dit : « Je vais enfin avoir la chance de me faire remarquer et préférer. » Quand il a fait tomber une fleur de la tombe de Mako, c'était sans doute un message. Il nous disait d'abord qu'il ne faut pas transformer en drame la mort naturelle d'un vieux chat, et que Mako pouvait se remplacer par lui, Monseigneur. Et moi, pauvre imbécile, je l'ai assassiné ! Il n'était pas responsable de la mort de Mako ! J'ai réfléchi toute la nuit pour savoir quoi faire pour Monseigneur, tout en pleurant Mako. Sur la tombe de Monseigneur je ne voyais pas de fleurs sauvages s'accordant à sa nature princière ; les fleurs des fleuristes n'auraient pas résisté ici en plein bois. Alors j'ai pensé à une pierre tombale digne de lui, son nom en lettres royales. Voilà. C'est fait maintenant. Me trouves-tu fou, Julie ?

— Au contraire, Pierre, je te trouve merveilleux !

Vois-tu, Francis, toute la sensibilité, la compréhension des êtres, le respect de la nature de chacun, la créativité et le sens du devoir pour agir comme Pierre l'a fait ? Je connais peu d'âmes aussi délicates « dans le monde ». C'est sans doute ce qui lui a fait fuir le monde, d'ailleurs. Pourtant Pierre semble être un homme fruste, pas tellement instruit, mais il est artiste. Replié sur lui-même cependant, oh combien ! car jamais il ne me parle de son passé, pas une confidence sur le trajet aboutissant à cette cabane d'ermite. Jamais je ne lui pose de question. Jamais il ne m'en pose, c'est une sorte d'entente tacite.

Il est bizarre, je te l'ai dit. Il a parfois des réactions étranges. Comme des nuages qui passent dans ses yeux. Des réflexions curieuses. De brusques violences vite réprimées, mais c'est là qu'il m'effraie un peu : je ne le crois pas toujours capable de maîtriser sa violence. Comme quand il a tué Monseigneur. Physiquement il n'est ni beau ni laid, il a des yeux magnifiques, gris ourlés de touffus cils noirs. Il ne m'attire pas. Je ne le regarde pas comme une femme regarde un homme. Lui, comment me voit-il ? Je ne sais pas. Il n'a pas semblé manifester pour moi un désir même furtif. Mais je ne connais pas ses pensées. En tout cas il ne me touche jamais. Aux « funérailles » de Mako il a baisé ma main. C'est le premier contact physique avec lui depuis un mois que je suis ici.

Bref, c'est un ami, je lui fais confiance... mais une petite cloche d'alarme sonne dans un coin de moi, née de l'étrangeté énigmatique du bonhomme.

Il me semble impossible d'imaginer faire l'amour avec lui. J'en éprouverais, je pense, de la répulsion. Ce grand et gros corps d'ours velu... brr... non, ce n'est pas mon genre.

Je pense à ton corps si fin, si roux, si doux...

Francis ! Je ne l'ai que deviné, mais si ardemment désiré ! Francis, ma douce blessure !

*

* *

Le lac. Le bois. Le soleil. Les chants d'oiseaux. La vaste paix. Assise sur le petit perron de bois grisâtre, le dos contre le mur du même bois de ma longue cabane, je rêvassais, un peu somnolente, touchant parfois aux frontières même du sommeil où tous les bruits deviennent confus, inintelligibles, où on hésite à plonger ou carrément revenir à la réalité. Puis j'ai vu et entendu en même temps Robert, sac au dos sur son élégant costume sport — cette élégance qui ne le quitte jamais — et renâclant, comme chaque fois qu'il vient me voir ici. C'est un supplice, même quasi une insulte pour lui de devoir laisser sa voiture au bord de la route, suivre le sentier à fleur de ruisseau, toujours un peu boueux, marcher dans les hautes herbes pour venir jusqu'ici. À pied il faut dix minutes. C'est déjà trop pour Robert, non qu'il ne soit pas sportif, tu le sais Francis, comme il joue au tennis ; c'est plutôt de se savoir obligé à ce périple sans gloire pour venir me retrouver. Et comme il m'apporte toujours des tas de choses, le sac au dos est obligatoire. Robert n'aime pas les contraintes. Cependant il doit faire bonne figure, car il veut me garder, finir par me récupérer, me réintégrer dans son monde.

Je suis contente — eh oui, c'est curieux ! — de le voir. Mais en même temps je lui en veux de briser cette paix onirique. Mes sentiments envers lui ont toujours été ambivalents...

D'habitude il vient en fin de journée. Et c'est un vendredi matin !

— Ma sœur Andrée se marie. Demain après-midi. Je compte sur ta présence, tu comprends, il me serait difficile de...

— Demain ! Mais voyons, Robert, tu devais bien le savoir avant ! Pourquoi ne m'as-tu pas prévenue plus tôt ?

— J'avais peur que tu te trouves des raisons pour ne pas venir. Et puis mes parents sont au courant seulement depuis une semaine.

Andrée vivait à Vancouver depuis un an. Sa famille n'en avait guère de nouvelles. Elle est arrivée enceinte, avec son gars. Les parents se sont montrés beaux joueurs. La seule fille de la famille... le père prépare une grosse noce. Juste le temps de tout organiser.

Je ne peux décemment me soustraire à cette cérémonie. Mais c'est justement ce genre de rassemblement artificiel, pomponné et cancanier qui me hérisse. Chacun vous toise, vous juge, émet des hypothèses... On sait que je vis dans le bois en recluse depuis mai ; ce que je n'entendrai pas comme commentaires, je le piègerai sur la figure de toutes ces honnêtes gens. Robert a raison, au fond : prévenue d'avance, j'aurais échafaudé tout un raisonnement rationalisant ma ferme retraite dans ma forêt. Mais il aurait eu, lui, des explications à donner. Des explications embêtantes. Il ne faut pas me montrer trop égocentrique ; mon mari traverse aussi, depuis des mois, à cause de moi, une période bien difficile. Évidemment notre union peu réussie est à la base de tout... mais cet insuccès ne vient-il pas du fait que mon époux soit fermé comme une huître, au point que tout dialogue devient impossible ? Il faut un pont pour traverser les rivières...

Je me suis laissée enlever par Robert. Un regard en arrière sur mon beau lac, ma cabane, la verte sérénité. Comme si je leur disais adieu. Comme si je ne devais jamais revoir tout cela. Comme si je devais revenir transformée dans ce fruste éden. Quelle sensation bizarre, comme un pressentiment !

Docile jusqu'au bout, Francis, je me suis laissé coiffer — haut chignon orné de petites nattes et de boucles anglaises — manucurer, maquiller. J'ai mis la robe choisie par Robert — je l'aime bien, heureusement, cette robe de coton indien noir, toute volantée, garnie de dentelle de coton noire, presque à la cheville, fraîche et virevoltante, qui me donne une allure de gitane; puis les sandales lacées haut sur ma jambe, la rose rouge à la naissance des seins, les deux grands anneaux dorés à mes oreilles, le châle de soie rouge sang. Mon mari fut franchement émerveillé, tout ému en me regardant, cendrillon parée née de la sauvageonne en jeans. Je me suis sentie bien, belle, mais étrangère à moi-même, comédienne prête à entrer sur scène, un personnage apprivoisé glissé dans sa peau, la transformant totalement. Cette même sensation d'irréalité, de mi-vérité, s'est accentuée à notre entrée à l'église — oui, Andrée s'est mariée à l'église: papa et maman y tenaient, puis elle est d'une nature un peu indolente, docile — quand au bras de Robert je paradais, prise au piège, moitié panique moitié fierté. Je les ai vus se pencher les uns vers les autres et chuchoter; si je ne m'étais pas sentie si belle — pardonne ce manque d'humilité, dans ce costume je n'en ai pas — j'aurais fui. Robert dans son costume blanc os, sa chemise à volants chocolat et sa cravate blanc cassé à pois bruns, était magnifique. J'ai toujours admiré le goût parfait de cet homme, son élégance raffinée. Mais il a une beauté froide, incommunicative. Toi Francis tu n'es pas aussi beau, ni aussi bien vêtu, mais racé, chaleureux, tu dégages un tel magnétisme ! Malheureusement toi aussi tu as des silences qui me font mal.

Une petite église remplie. Les mariés sont entrés ; j'ai trouvé Andrée très jolie dans sa robe d'organdi bleu à taille empire (à peine une rondeur sous le buste, témoignant de la présence du petit). Francis, tu sais, je les ai détestés quand ils ont tous regardé son ventre. Pourtant j'ai regardé là moi aussi. Vieux reste de préjugé encore tapi dans ma conscience, comme le fond d'un chaudron brûlé depuis longtemps remisé. On regarde, on SAIT... mais tout au long de la réception, on fera comme si on ne savait pas. Ouvertement du moins. Car en catimini on glissera bien quelques petites remarques piquantes. Andrée sait que tous sont au courant. Elle semble s'en ficher royalement. Mais au fond, peut-être...

Jusqu'à la salle de réception j'ai ignoré une certaine présence. Quand je t'ai vu, en entrant, j'ai frémi, une marée de passion refluant en moi. Le marié était ton frère !

Alors j'ai su que tout serait à recommencer. En moi j'avais apprivoisé peu à peu ta présence, refoulé le tourbillon de sentiments. Je commençais à te considérer comme un rêve impossible. Le renoncement serein s'annonçait. Et ta seule présence venait anéantir d'un seul coup le barrage patiemment et durement érigé. J'ai pensé : ce sera ainsi chaque fois que nous nous verrons. Il faudra, oui, il me faudra te fuir à tout jamais si je veux la paix.

Tu m'as adressé un petit bonjour de la main et tu as fui (du moins j'ai interprété cela comme une fuite) à l'autre extrémité de la salle. Alors j'ai bu et ri très fort. J'ai beaucoup bu et beaucoup ri. Robert semblait, au début, content de me voir ainsi, mais après un moment il a dû juger que je commençais à exagérer (je le connais si bien !) et s'est lui aussi éloigné de moi. J'ai causé avec des cousines, des neveux, des oncles, de choses banales et bêtes, piquée au vif chaque fois que l'un d'eux questionnait sur un ton faussement innocent :

— Il paraît que vous avez été malade ? Ça va mieux maintenant, on dirait ?

— Ce n'est qu'une apparence, je suis encore un peu folle !

Si tu avais vu leur expression, alors, Francis ! Mais tu te tenais loin.

L'orchestre s'est mis à jouer. Des danses pour nos âges moyens. Robert m'a enlacée. Tournant dans ses bras je suis demeurée muette, absente, grave. Lui aussi. Ensuite il est retourné là-bas, près de la fenêtre. Alors tu es venu vers moi, Francis. Sans rien me demander tu m'as prise dans tes bras. Si étroitement que je t'ai senti parfaitement bien contre moi. Tu te révélais, mon beau Francis, je reconnaissais là ton langage, mâtin !

Nous étions là, tourbillonnant, tourbillonnant, et je me sentais envahie par l'émotion amoureuse, si troublée, tellement incapable de me dominer, que j'ai éclaté en sanglots. Quelques regards surpris se sont tournés vers nous. On a cru à un malaise. Tu m'as entraînée dehors, sur la terrasse, et sous la chevelure ondulante du grand saule pleureur tu m'as prise dans tes bras et tu m'as embrassée. Longuement. Profondément. A me chavirer complètement. Je pleurais encore plus ardemment, alors tu as transformé tes gestes d'amant en gestes paternels, caressé ma joue, ma nuque, essuyé mes larmes.

— Allons, allons Julie, ne pleure pas comme ça voyons ! Chut ! Arrête-toi. Voyons, ma chouette ! Prends sur toi ! Pourquoi donc ce grand chagrin-là ? Hein ?

— Tu.. tu... ne sais pas... combien tu me fais.. Mais pourquoi tu ne... ? Tu disais que tu m'aimais et tu... Oh, Francis !

Le déluge a repris de plus belle. J'ai fini par me calmer. Alors tu as voulu me reprendre dans tes bras. Un instant abandonnée à ton étreinte plus douce, plus tendre, plus paisible, je t'ai ensuite repoussé.

— Julie, pourquoi ?

— Tu me fais trop de bien.. et trop de mal.

— Je ne comprends pas.

— Oh oui, tu comprends ! On ne dit pas « Je t'aime » à une femme en mal d'amour, pour ensuite la fuir !

— Oh, c'est cela ? Mais je t'ai dit, Julie, que je n'étais pas encore prêt !

— Tu as tout le temps devant toi, Francis. Pas moi. De toute façon je crois de moins en moins à ton amour. Je ne sais pas pourquoi tu m'as joué cette comédie.

— Julie, je t'interdis : ce n'est pas une comédie. Sois donc patiente ! Je ne peux pas t'expliquer maintenant, je comprends mal moi-même. Je te l'ai dit, c'est la première fois qu'une chose pareille m'arrive.

Je me suis tue, persuadée que jamais notre amour ne se réaliserait. Peut-être, demeurant un rêve, il atteindrait une perfection que la réalité ne saurait lui accorder. J'ai recommené à ce moment à espérer que le merveilleux du rêve demeure, mais que la blessure se ferme. Cette équation est-elle possible ?

J'ai atteint le paroxysme de ma bravoure en allant parler avec Hélène, ta femme, mon amie, après un remaquillage effaçant les traces de la tempête. Hélène toute rebondie, couvant son oeuf avec émerveillement. Hélène moins jolie mais plus jeune que moi. Hélène que tu aimes pourtant, Francis, la mère de tes trois enfants. En la regardant je m'imaginais engrossée par toi et toute fière, moi à quarante ans, mère d'un enfant mongol après plusieurs fausses couches. Celui que je te ferais, Francis, il serait extraordinaire !

Le rideau est tombé. J'ai laissé mon costume de théâtre au vestiaire, dans cette belle maison aux meubles gracieux reflétant plus Robert que moi-même. Plus tard j'ai retrouvé mon vieux jeans, mon blouson, mon sentier vert, ma cabane, comme si j'allais à la rencontre de la vérité. Après le départ de Robert je me suis déshabillée et j'ai plongé nue dans les eaux froides du lac, comme pour me purifier de tout ce qui demeurait collé à et en moi. Puis vidée, je me suis jetée sur mon lit.

Le froid aux épaules m'a réveillée. Nue dans la noirceur, en travers de mon lit défait avec sa rugueuse couverture de laine d'habitant. Drapée dans ma robe de chambre j'ai allumé le gros poêle à bois et une lampe à huile. C'est le soir, mais je n'ai nulle idée de l'heure. Ce creux dans l'estomac, est-ce la faim ? Quelle étrange sentiment de vide et d'absence ! Gestes automatiques, j'ai l'impression de me diluer dans l'espace et dans le temps, je fonctionne au ralenti. Tout est silence.

Voilà probablement la nuit. Je pense à toi, Francis. Démesurément. Tout ce chemin parcouru pour rien. Toute cette patiente palissade construite en vain autour de mon cœur. Me revoilà monceau de ruines.

Je me sens seule dans cette cabane et j'ai peur.

Chaleur pétillante du bois brûlant dans son antre de fonte. Halo lumineux de la lampe. Le calme revient par degrés.

J'ai fini par éteindre la lampe et m'endormir au chaud. Mais je m'éveille dans une lumière blanche, filtrée, ouatée : brouillard d'une opacité si intense que ma cabane ressemble à une île dans de la soupe au lait. Brouillard signifie silence, étouffement. Cette brume s'ajuste exactement à mes sentiments. Envahie par ton impalpable présence, Francis, je me sens étranglée, prise au piège, je ne vois plus rien de ce qui m'entoure, tu m'isoles dans une chape silencieuse d'où je ne saurais m'échapper sans me perdre totalement.

L'œil rivé à mes pieds, j'avance avec précaution sur le sentier qui mène chez Pierre et ses chats. Ce petit chemin sans surprise ressemble ce matin à une étrange aventure : je ne reconnais plus rien.

La cabane m'apparaît estompée, curieusement inhabitée. Sur la porte un mot de Pierre :

« Julie, suis parti deux-trois jours. Donne à manger aux chats, O.K. ? »

De plus en plus abandonnée, j'ai l'impression d'être l'unique survivante d'une civilisation anéantie par un cataclysme. On dirait un rêve. Ce brouillard embrouille tout en moi et autour de moi. Je clenche la porte, les chats m'accueillent en s'étirant puis faisant le gros dos, miaulent et ronronnent, se frottent à mes jambes. Je prends dans la glacière le grand pot rempli de morceaux de poisson cuit et le pichet de lait, et sers de vastes assiettes à la population féline qui refuse de manger à plus de trois au même plat.

Assise sur la chaise bancale face à la table, je transforme mon œil en objectif de caméra qui balaie toute la pièce de façon circulaire ; quel désordre ! Ça sent le fauve (Pierre plus que ses chats). Jamais d'ordre ici. Pierre serait-il offusqué si je lui faisais son ménage ? Peut-être qu'il se sentirait moins chez lui. Peut-être qu'il considérerait cela comme une atteinte à sa personnalité. Je ne sais trop. C'est surtout pour moi, non pour lui, que je me suis mise à m'activer dans la plus humble, la plus servile des besognes : pour me retrouver, chasser la brume de mon esprit puisque je n'ai aucun pouvoir sur celle de dehors.

Les chats se lustrent le poil gravement. Je balaie, lave le plancher, époussette, range, nettoie la vaisselle et les ustensiles, lave et suspends les vêtements sur la barre derrière le poêle à bois qui en chauffant sèchera tout ça, aère la doublure du sac de couchage, brosse le matelas, fais briller la fenêtre, décrasse le comptoir, le lavabo, la table, polis la pompe et les pieds de lampes ; puis en sueur, je vais cueillir une brassée de verges d'or pour les disposer dans un vieux pot à eau au milieu de la table. Il sera content ou il gueulera, je m'en fiche, de toute façon ça lui prendra peu de temps avant de recréer le même désordre qu'auparavant. Moi, je me suis délivrée, dans ce travail harassant et bête, dans cette transpiration stupide, de plusieurs poisons intérieurs. Il existe une telle distance entre la souillon en jeans au visage luisant et à la chevelure en bataille, et celle qui virevoltait toute parée dans tes bras hier, Francis ! Est-ce vraiment la même personne ? Cette distance me sécurise. Je ne sais pas si tu peux comprendre cela. Je ne suis pas une fanatique du torchon, une acharnée de l'ordre ; j'aime que ce soit propre et clair autour de moi, sans excès de frottage ou de rangement ; j'ai besoin d'un décor apaisant, le désordre ou la saleté me fatiguent. Dans ma cabane c'est joli et gentiment tenu, ça sent bon de l'air du lac apporté par le vent qui a ramassé au passage des parfums de pins et de fleurs sauvages...

Je suis chez Pierre, étendue sur son lit à l'odeur tenace de fauve, dans sa cabane disciplinée par ma main et sans son consentement, avec ses chats couchés entrouvrant leurs paupières si je bouge un peu. La cabane, apprivoisée, est remplie de présence maintenant : les chats, et mon âme qui m'a rejointe.

Pierre part comme ça deux ou trois jours. Une fois je lui ai demandé, mine de rien, sans le regarder (nous étions assis côte à côte face au lac en contemplation devant le paysage), où il allait comme ça quand il disparaissait.

— Je pars aux femmes et à la bière !

Il m'avait répondu crûment dans le minimum de mots. J'ai eu le souffle coupé et n'ai dit mot.

Notre conversation s'est arrêtée là. Pierre parle fort peu. Il n'a été délirant de paroles qu'à la mort de Mako... et à celle de Monseigneur. Avant, et depuis, c'est le quasi silence. Je te l'ai dit, Francis : j'y vais d'abord voir les chats ; avec eux je me sens bien. Je les devine mieux que je ne comprends leur maître. Mais j'aime bien Pierre aussi, sa présence me rassure, même s'il demeure en moi un petit peu de crainte, de méfiance. Si je suis mal prise je sais qu'il est là. Et il m'a sauvé la vie déjà, quand j'ai failli me noyer...

Pierre faisant l'amour... j'essaie de me l'imaginer. Curieux comme ça me rend mal à l'aise ! Il doit agir comme une grande brute... mais peut-être peut-il être tendre ? On ne sait jamais, avec les ours.

Ces images, cette odeur, ce lit, non, décidément, c'est insupportable. Et puis je n'ai pas mangé de la journée. Encore un peu de poisson aux chats, puis du lait, ils mangeront et boiront quand ils en auront envie. Et je pars.

Dehors le brouillard est toujours présent. L'humidité se palpe, elle imprègne mes cheveux, s'insinue dans mes veines et mes os. J'ai froid. Quelle heure peut-il donc être ? Vite j'allume mes deux feux, une lampe, brasse de la farine de sarrasin et de l'eau pour en faire de longues galettes minces comme du papier, à même la fonte du poêle, et je les mange croquantes, croulantes de beurre fondu ; ensuite une pomme d'été, surette, que je sale, puis un peu de bière d'épinette fabriquée il y a quelques jours.

Je suis chez moi, au chaud, repue, et me sens bien.

Si tu venais ici, Francis, passer une fin de semaine avec moi ! Tu connais l'endroit, je te l'ai expliqué, je t'ai invité. Nous serions à l'abri et si heureux !

Mais tu ne viendras pas, je ne le sais que trop !

Cette damnée folle espérance m'a reprise ! Pourquoi me fallait-il te revoir ? Le grand cirque intérieur s'est remis à tourner. Vais-je guérir un jour de toi sans passer par tes bras et ton lit ?

Parfois je rêve que je t'enlève et t'emmène au motel. Te laisserais-tu faire ? Tu n'aimes pas créer les événements, tu les attends. Tu m'as dit que tu ne voulais pas forcer les occasions, elles devaient se présenter d'elles-mêmes... Tu attends peut-être mon initiative ?... J'y ai pensé déjà. Je n'y songe plus, je suis comme toi, j'attends. Mais j'attends en te combattant, Francis. Le jour où tu seras prêt... je t'aurai peut-être vaincu et je dirai non. Sans amertume et sans passion.

Mais pour l'instant... bon Dieu de bon Dieu que je te veux, Francis !

*

*   *

La vie est décidément étrange ! Parfois elle s'écoule si lente, si morne, une mer étale. Puis nous voilà catapultés en plein torrent. Sans transition. Sans s'y attendre.

Julie se trouve avec Francis et Georges, deux copains de travail, en plein congrès à Tadoussac, les deux hommes dans une chambre et Julie dans l'autre à l'hôtel du même nom. Les deux chambres communiquent. Elles sont face au fleuve, si large à cet endroit qu'on l'appelle « la mer ». Il fait beau mais froid.

Ce fut d'abord l'inscription, puis le souper dans la grande salle à manger aux murs peints à fresque d'illustrations de moments historiques, ensuite la conversation dans le grand salon aux deux immenses cheminées où flambent des bûches, et enfin un petit tour au bar-salon où chante une belle fille dont peut-être dans deux ou trois ans tous les journaux parleront. Julie danse avec Georges d'abord, puis avec Francis qui l'étreint très fort et se moule trop bien à elle, puis avec deux autres types que Georges a reconnus parmi les congressistes et qui se sont joints à eux. Julie trône au milieu de cette mâle cour avec tant de rêverie absente ! Sinon elle aurait au moins trouvé la situation amusante et souri sans rien dire, pour elle seule.

Georges, le vieux garçon méthodique, regarde sa montre et découvre qu'il est l'heure d'aller se coucher, s'excuse et quitte la table. Les deux autres gars sont partis se chercher des filles pour danser. Francis est seul avec Julie et la regarde, dans la pénombre habituelle des bars. Il la fixe intensément. Il ne dit rien. Il prend juste la main de Julie entre les siennes, et la caresse lentement. Doux supplice !

Alors Francis se met à parler, malgré le regret de briser ce silence si intense.

— Je t'aime, tu sais, Julie. Oui oui oui ! Il ne faut pas en douter. On peut aimer plusieurs personnes de façons différentes. Toi tu es vraiment spéciale dans ma vie. Il y a bien plus entre toi et moi qu'un désir vite satisfait. Cela n'irait pas à ta nature...

— Pourtant je l'ai déjà fait !

— Oui, je sais. Moi aussi, d'ailleurs. Mais entre toi et moi ce ne serait pas possible, un contact juste physique. Non ?

— As-tu peur de moi, Francis ?

— Peur ? Non... enfin... peut-être, oui ; peur que ça devienne trop important ; que ça démolisse tout...

— Que je m'accroche ?

— Peut-être aussi. Tu es si entière, tu sembles si passionnée, tu réponds avec tellement de vibrations à mes caresses et mes baisers. Mais je ne sais si on doit qualifier ce que je ressens de peur..

— Et Hélène ?

— Vois-tu, Julie, je t'ai déjà expliqué que je tiens à mes liens avec elle. Non, bien sûr, je ne lui raconte pas mes amours extérieures. Ça la blesserait inutilement. Je ne suis pas de ce genre-là, moi, le petit couple qui se raconte tout. Hélène possède une grande part de ma vie. Une autre demeure à moi seul ; il n'y a pas de mélanges..

— La mentalité à tiroirs, quoi !

— Tu en parles avec un peu d'amertume, Julie, mais c'est justement vrai ! C'est comme ça que je fonctionne. Je continue de t'aimer, c'est d'abord cérébral et émotif. Je te désire, c'est vrai, et si fort que cela va au-delà même du désir...

— Je comprends mal.

— Tu comprendras plus tard, quand le moment viendra.

Julie demeure perplexe ; Francis revient au silence, à la contemplation. C'est lui qui donne le signal du départ, la reconduit à sa chambre, l'embrasse avec passion, puis rentre chez lui. Déçue, énervée, Julie prend un bain très chaud ; ses pensées moussent dans sa tête comme les sels parfumés versés dans l'eau. Dolente et moite, elle se glisse dans les draps raides et anonymes et finit par s'endormir.

Une présence dans son lit la réveille. Elle a cru entendre s'ouvrir la porte entre les deux chambres. Elle comprend vite : Francis est là, tout tendre, tout caressant ; elle se prend à son jeu, vibre, gémit, ondule, pétrit de ses doigts la fine chair de Francis qui promène sa bouche sur elle en soufflant avec chaleur sur sa peau — son petit truc à lui — puis elle se cabre et retombe extasiée. Juste le temps de reprendre la cavale et c'est au tour de Francis de se courber comme un arc, trembler, grogner, puis s'abattre comme un arbre sous le dernier coup de hache.

Tout a été si simple. Si doux. Il n'y a plus de question ; les réponses gisent dénouées dans les plis du drap. Julie s'endort dans la félicité de l'abandon.

....

Tu as compris, Francis, comment j'utilise le réel pour me fabriquer des rêves, hein ? Le dialogue est vrai. Le congrès aussi. J'y étais invitée. Tu voulais que j'y vienne. J'ai failli dire oui. Et puis j'ai renoncé, certaine que tu passerais ton temps à étudier, à discuter, passionné par le thème du congès, pris par la communication que tu avais à y faire. T'ai-je accompagné à des colloques, des conférences, des sessions d'étude, avec le secret espoir — et tu entretenais cet espoir en insistant pour obtenir ma présence, en me promettant une fin de soirée « merveilleuse » — d'une fuite ensemble ! Chaque fois j'ai ragé de constater ton zèle, tu as toujours été le dernier à prendre la parole, il a toujours fallu des discussions après, tu fus constamment le dernier parti ; et comme tu me demandais de t'attendre, je le faisais en m'énervant, en me promettant que la prochaine fois... Cela finissait dans un bar, avec des caresses et des baisers... et bonsoir, à bientôt, belle fille !

MERDE !

À ce congrès-là, Francis, tu as rencontré une fille. Très vite elle t'a emmené à sa chambre. Et tout a marché fort bien, m'as-tu dit. Sadique !

Quand je t'ai rencontré au mariage de ton frère, j'ai constaté combien tes sentiments suivaient la même ligne directrice du début ; tu m'as fait les mêmes promesses, tu t'es conduit comme s'il ne s'était rien passé. Tu n'as pas compris combien tu m'as rendue malade et as chamboulé toute ma vie ? Tu n'as pas compris comme j'essaie de te vaincre en ma pensée, de t'oublier, de te rayer de mon existence, et qu'à cause de toi je ne sais plus comment rebâtir sur les ruines que je m'applique à créer, les ruines de moi mêlées aux cendres de ton curieux amour? Tous ces engrenages tournent dans ma tête, transformant nos rapports, on dirait que tu ignores cela.

Tu as dû au moins comprendre que tu m'as fait du mal. Tu te sens sûrement orgueilleux d'avoir inspiré un tel sentiment chez moi ! Mais quand tu t'obstines à me déclarer que tu m'aimes.. c'est à mon tour de ne pas comprendre : qu'est-ce que ça signifie pour toi, le mot « aimer » ? Est-ce que cela se traduit par : torturer à petit feu, promettre sans tenir, démolir, posséder sans être pris toi-même ? Ou si c'est seulement désirer, vouloir donner une fausse image de toi, jouer à l'inaccessible, t'amuser avec moi comme le chat le fait avec la souris à moitié morte qu'il a attrapée ?

Va-t-il me falloir te haïr, pour ensuite devenir indifférente ? Je ne puis pas, je ne dois pas, si je m'aime encore assez et si je veux encore vivre, continuer à t'aimer, à espérer ! Mon amour est vain et inutile. Et nocif aussi.

Je t'écris cette trop longue lettre que probablement jamais tu ne liras, pour m'exorciser, pour essayer de t'extirper de moi au bout de la plume ; mais parfois aussi pour me consoler à l'aide de rêveuses images qui me sont mauvaises et bonnes à la fois. Je t'écris pour tenter de rassembler les morceaux épars du moi écroulé et me reconstruire, devenir autre en utilisant des matériaux anciens ; devenir autre peut-être plus forte, plus réaliste ; une fois passée au feu de l'épreuve, je saurai peut-être accepter que les arbres se déshabillent et que la neige abolisse tout, en prévision du printemps. Y aura-t-il un printemps au bout de ton hiver, Francis ?

Je t'écris, Francis, pour devenir raisonnable. Ou complètement folle. En ce moment je suis sur le haut étroit du mur, secouée de vertiges, sans savoir de quel côté je vais tomber, et c'est l'ombre de part et d'autre.

Au petit matin, à moitié réveillée, j'ai reconnu le bruit de ferrailles de la bicyclette de Pierre dans le sentier derrière ma cabane. J'ai eu le temps de m'interroger avec une légère angoisse sur sa réaction à mon ménage chez lui. Puis le sommeil m'a reprise ; par vagues, je montais à la surface puis je replongeais. Éveillée pour de bon, quelque chose d'obscur et d'imprécis, remuant dans mon inconscient, m'est apparu très clair. Quelque chose que vous partagez, Robert et toi (et pourtant vous êtes si différents l'un de l'autre) : c'est votre désir pour moi.

Il m'a fallu des années, des épreuves, des larmes, une dépression, un isolement total en pleine forêt à cause d'un mariage mal foutu et d'un amour irréalisé mais tant de fois promis (le tien, Francis !), des milliers de pensées enchevêtrées, pour qu'au moment le plus inattendu, quand je n'y réfléchissais même pas, m'apparaisse la définition exacte de ce sentiment que je n'arrivais jamais à analyser. Robert me désire, il célèbre mon corps en paroles, il m'embrasse, me serre dans ses bras, me claque les fesses en passant, vingt fois par jour. Mais jamais ou à peu près, il n'accomplit son désir, ou s'il le fait, c'est si mal, si maladroit, que pour lui aussi c'est sûrement insatisfaisant. L'essentiel, pour lui, est de ME DÉSIRER. C'est tout. Cela reste là, en promesse, comme un grain qui ne germe pas mais que le jardinier trouve sublime dans son état d'espoir. Et je me suis rendu compte que pour toi, Francis, à mon égard c'est la même chose : la primauté du désir sur son accomplissement !

Pourtant entre Robert et toi il y a un monde de différences. Vingt ans, une génération. Vous n'avez en commun que votre « masculinitude » (il y a des mots qu'il faut inventer, pour exprimer exactement ce que je ressens ; « virilité » ou « état de mâle » ne signifieraient pas la même chose ici) et votre amour (?) pour moi (je m'interroge sur l'emploi du mot amour, ici. .). Est-ce moi qui vous arrête sur le chemin du désir ? Qu'y a-t-il en moi pour susciter un pareil stop ? Suis-je pour vous une statue à admirer que vous penseriez profaner en la renversant gaillardement sur un lit ? Pourtant je me sens de chair et de sang, pas du tout de marbre ; je suis une femme bien ordinaire, bien vivante, réclamant son dû d'amour. Pourquoi un amant de passage m'a-t-il révélé un jour que je l'intimidais, et m'a-t-il priée de fermer les yeux quand penché sur moi, il cherchait de sa bouche à éveiller mon plaisir, car il trouvait mon regard trop aigu ? Et pourquoi d'autres se sont-ils soudain révélés impuissants ? Qu'ai-je donc ? Qu'ai-je donc ?

Pourtant j'ai vibré dans d'autres bras, animale, enlaçée par des hommes sans complexe à l'amour joyeux et robuste qui dès le lendemain avaient oublié mon nom. Il ne faudrait donc pas m'aimer pour m'aimer bien, Francis ? Ma vie sera-t-elle toujours ce divorce entre le cœur et le corps ? Pourtant faire l'amour quand on est amoureux, c'est si magnifique !

Robert et toi, vous partagez aussi autre chose : le goût du secret. Avec Robert je peux parler de choses superficielles. Avec toi on va plus en profondeur, mais dès qu'il est question de tes sentiments, tu refermes sur toi ta coquille.

C'est curieux : sans le savoir je choisis des hommes qui, au fond, se ressemblent, même si au premier coup d'œil ils sont dissemblables.

Je suis attirée vers des hommes inaccessibles comme le fut mon père.

Saint Freud, priez pour moi !

C'est bien le genre de découverte à laquelle je ne m'attendais pas du tout : que Robert et toi vous vous ressembliez... Robert, Francis, et mon père ! Quel obscur travail du subconscient pour en arriver à une conclusion aussi étonnante ! Et apprendre cela, à quarante ans, quand on se croit adulte, détachée de son enfance depuis belle lurette, incrédule face aux mythes dont on nous rebattait les oreilles à l'adolescence : qu'une femme cherche toujours son père dans tous les hommes, et que pour elle l'amour physique sans amour-sentiment ce n'est pas tellement satisfaisant.

Partir de si loin pour revenir en arrière ! Va-t-il falloir reconstruire tout l'échafaudage de mes pensées, de mes idées, de mes principes, comme si j'avais quinze ans ?

Mon problème est peut-être justement que les hommes qui m'approchent se sentent regardés comme des pères ; c'est obscur et inconscient chez eux, mais ça les bloque. C'était inconscient aussi chez moi.

Pourtant, Francis, hier encore j'aurais juré que s'il existait un sentiment « familial » entre toi et moi, ce serait peut-être l'instinct maternel envers toi ; tu n'as que trente ans, et sacrebleu ! tu n'en parais que vingt, adorable faiseur de troubles !

Tu es un homme et je suis une femme. Pourquoi tant compliquer les choses, Francis ?

Il me semble que ce n'est pas juste une histoire de désir inassouvi. Tu le sais, Francis. C'est ce que diraient (diront ?) tous ceux qui apprendraient (apprendront ?). Ce n'est pas seulement ça.

J'avais l'impression de vivre éternellement une aube pluvieuse. Tout était gris. Statique. Même le malheur par mon fils. Même la désunion intérieure de mon mariage. Même mon travail devenu routine. Je te voyais chaque jour devant moi. Et je ne te regardais pas. Il a fallu ce conflit, cette bataille côte à côte, ce dur retour sous la férule rageuse d'un patron encore plus implacable, déterminé à punir, à écraser, à se venger, même au risque de saccager sa propre entreprise, plus épris de revanche et de mépris même que du désir de profit réputé inextinguible. Il a fallu ces heures sous la neige à parader devant des gardes armés et des chiens menaçants ; ces heures à délibérer, sans dormir ni manger, jusqu'à nous pousser hors de nous-mêmes dans un état second, tendus comme cordes de guitare et vibrant au moindre souffle, avec l'envie de fuir dans l'horizontale du lit pour apaiser nos corps durcis tremblant de fatigue et d'angoisse, avec la terrible responsabilité de tous nos camarades de travail accrochés à nous et nous confiant le soin de régler ce problème devenu escalade ; il a fallu cette entrée au front courbé mais digne dans la défaite, trahis par la moitié des nôtres pour lesquels nous nous étions battus ; il a fallu cet épisode épouvantable pour nous souder l'un à l'autre. Quand nous en avions envie nous n'avions pas le temps. Et quand nous avons eu le temps, nous étions écrasés par les représailles, et le désir même nous semblait étranger.

J'ai rêvé. Oh que j'ai rêvé, endormie ou éveillée, de notre amour, de son accomplissement ! Je voyais Liliane de temps à autre. Tu sais,

Liliane, ma psychique amie, celle qui lit, réfléchit, médite, et qui capte les ondes, oriente, pacifie ; celle qui sait. Quand je lui ai parlé de toi, de ce merveilleux soleil enfin levé au bout d'une aube interminable, de ce cadeau magnifique de la vie, elle m'a dit : « Fais attention, Julie. Fais attention. » Je ne l'ai pas écoutée. Plus que jamais j'ai rêvé, espéré ; puis je me suis mise à rager d'impatience. Et je me suis effrondrée. Mettant le pied sur le pont d'or... le pont a cédé sous mes pas.

Puis comme le patron a continué à me harceler, je me suis cabrée, appelant sur moi de plus en plus de foudres. Liliane, partie en voyage, ne pouvait m'aider. J'avais déjà envie de tout lâcher. Quand enfin elle est revenue, elle m'a dit :

— Tu n'es pas en état de lutter. Toutes tes énergies ont passé à la poursuite de ton rêve. Ce que tu croyais qui te ferait tant de bien, au fond cela t'a fait beaucoup de mal. Il faut retrouver la paix intérieure, Julie.

Je suis venue ici, dans ce bois, dans cette cabane. À la poursuite de je ne sais quoi. Sans savoir à qui m'accrocher. Liliane me parle du Christ. Robert aussi, mais il me le présente d'une autre manière, fort conventionnelle, fort peu sympathique, plus justicier qu'ami.

Jésus, pour moi, ce fut sûrement un grand prophète, un grand initié. Mais je le perçois comme mort à jamais. Je ne puis lui parler (et c'est cela, n'est-ce pas, la prière) car je sens que je parle dans le vide. Je suis comme Thomas, moi, j'ai besoin de preuves. Des preuves qu'il me voit ; qu'il m'aime ; qu'il me veut ; que je ne cours pas après une illusion comme toi, Francis. J'attends toujours ses preuves. En prononçant les noms de Jésus, de Christ, ne me viennent à l'esprit que quelques merveilleuses sentences, l'esprit d'humilité, les miracles, et surtout que tout cela est passé depuis des siècles. Lorsque je vois le faste et la hiérarchie de toutes les Églises qui se réclament de lui, non, Francis, je ne puis me sentir à l'aise dans ce rouage où on m'inséra sans mon consentement à ma naissance, durant mon enfance, ma jeunesse. Je n'y trouve ni support, ni confiance, ni consolations. Ne demeurent en moi qu'obscur ressentiment, sensation d'étouffement, questions sans réponses logiques. Et j'envie la foi naïve des bonnes gens sécurisés par de telles balises.

Moi je n'ai plus rien. Pas même moi.

Avant de tomber malade, je te voyais devant moi, ton regard vert levé sur moi et me pénétrant toute, me possédant plus que la véritable possession. Je me révoltais contre les sanctions insensées qui pleuvaient sur moi dès que je me remettais à travailler normalement, reprise par le goût du bon travail ; ces sanctions imbéciles me démotivaient chaque fois, et me démolissaient ; ces accusations injustes et insensées ; ce patient travail d'écœurement, ce ghetto pour moi seule dans lequel on m'isolait peu à peu ; cet espionnage de tous les instants : à quelle heure j'arrivais, de quoi j'avais parlé avec un camarade, avec qui j'étais sortie prendre un café, à quel restaurant et à quelle heure, tel ou tel geste que j'avais fait, même les coups de téléphone donnés ou reçus, même le ton de voix que j'avais pris pour parler à celui-ci ou celui-là (quand les gars à mes côtés gueulaient littéralement chaque après-midi) ; l'interprétation qu'on donnait à chaque geste, chaque mot, même le plus innocent. Cet émissaire que le patron a envoyé à l'hôpital quand, vaincue, je m'y suis retrouvée, gavée de tranquillisants : il ne m'avait pas trouvée malade, il avait cru à la complicité entre le docteur et moi, et il a fallu que mon médecin aille faire une colère dans le bureau du président pour que la clique patronale me fiche la paix et consente à m'accorder un congé de maladie.

Je m'accrochais silencieusement du regard à toi, Francis. Je comptais sur toi pour me défendre. Tu m'as défendue, certes. On ne t'a pas cru. Mais tu n'es pas batailleur (on dit que tu es diplomate). Tu me disais : « Patience, ça va se tasser ». Juste au moment où tu me disais ça, je trouvais une autre lettre de sanction du patron sur mon bureau. Et je t'en ai voulu, Francis.

Mon terne mariage, ma triste maternité, mon amour inachevé, mon travail devenu écœurement, tout cela a eu raison de moi. Quand je pense à ça j'ai envie de me lancer à l'eau une pierre au cou (sinon je nagerais, je le sais trop bien, la vie m'étreint encore trop).

J'ai entendu le patron dire : « Mais qu'est-ce qu'elle a donc, madame Deschambault, en ce moment ? Elle doit être dans une mauvaise passe. On ne peut plus lui parler, c'est une vraie tigresse ! »

Je lui aurais sauté à la figure, à ce gros lourdaud persuadé de sa supériorité : il était au moins pour la moitié dans mon « qu'est-ce-qu'elle-a-donc ? » ! Et toi, Francis, tu étais mon rempart... au pied d'argile.

Tout ce à quoi je m'accroche maintenant, c'est la nature, le soleil, le bois, la solitude, la vie simple ; toutes mes habitudes brisées ; un besoin de réfléchir ; et pour me retrouver, laisser errer mon cœur et mon esprit au fil de cette lettre interminable qu'après tout je ne t'enverrai probablement jamais ; elle me sert de journal de bord. De compas pour faire le point.

Journal de bord d'une naufragée de la vie ne

sachant plus si elle doit se laisser couler ou nager vers le rivage.

Créer. Fuir par l'imaginaire. Il y a seulement cela pouvant me passionner assez pour encore accepter l'existence jour après jour. Je ne pense pas à demain, à ce qui pourrait arriver, à ce qu'il adviendra de moi. Quelque chose ou quelqu'un hors de moi décidera. N'en est-il pas toujours ainsi ? On ne choisit pas, on n'agit pas : on est choisi, on est agi.

*

*   *

Une cage. Dans la cage une roue en lattes de bois. Dans la roue (et dans la cage) un écureuil capturé court en se croyant libre, ou pensant se libérer, avec toute l'énergie du désespoir ; il fuit, plus vite, encore plus vite, jusqu'à l'épuisement. Puis il s'arrête, navré : il se retrouve toujours à la même place, dans la cage, toujours enfermé ; pourtant Dieu connaît l'intensité de ses efforts !

Dix fois, vingt fois l'écureuil reprend la course dans cette maudite roue. Il va vers rien en ne fuyant rien. Il s'agite, impliquant toute sa vie, chaque goutte de son sang, chaque parcelle de ses nerfs, dans cette course éperdue sans jamais ni avancer ni reculer. Alors il se remet à l'œuvre jusqu'à mourir d'épuisement. Tu ne croirais jamais, Francis, qu'un écureuil est assez intelligent pour se suicider de cette manière. Tu penseras que sa course est idiote ou qu'il lui faut juste prendre un peu d'exercice. Et s'il meurt c'est qu'il est rendu au bout de sa vie. Non, Francis ; libre il vivrait encore. On n'enferme pas un animal sauvage en croyant l'aimer et lui faire une faveur. On le gavera d'arachides, il sera toujours à la chaleur, sans concurrence, sans se battre pour sa survie. Mais il mourra parce que prisonnier. Même gras et la robe luisante.

Depuis des années Julie a été un écureuil tournant à vide dans une cage. Une belle cage ! S'il n'y avait pas eu cette maudite impression parfois que chaque barreau me passait à travers la tête ! J'attendais la main qui ouvrirait la cage, me permettant d'aller me perdre dans le froid et la misère, peut-être, mais libre. J'ai tourné longtemps sans avoir l'impression d'avancer. Ma course est devenue une habitude, un désespoir tranquille (le malheur fut apprivoisé en moi, mais pas la bête elle-même, demeurée toujours sauvage).

J'ai cru un jour, Francis, que tu m'ouvrirais la porte. Parfois je pense que tu as simplement remplacé la roue de bois déjà usée par une autre lambrissée de miroirs multipliant ma propre image et mes illusions, créant des soleils imaginaires sous mes pas. Si me voilà ici, vivant comme un ermite dans un bois, c'est pour essayer de mesurer les limites de ma cage, de les assimiler, et peut-être m'y abolir comme l'écureuil si je n'arrive pas à les accepter telles quelles. Comprendre que chaque latte de la roue inlassable porte un nom écrit en lettres de sang : Robert, Louis, Francis, mon père, Hélène, tes petits, le patron... Pierre ? Non. Pierre n'est pas réellement présent dans ma vie. Je sais qu'il est là pour alléger un peu les peurs nées de ma solitude ; il est un peu comme une roue de secours, une bouée de sauvetage ; il a des chats auxquels je m'identifie, superbes bêtes hautaines et tendres, farouchement indépendantes, devenant les maîtres de leur maître, ces êtres souples et mystérieux dont on fit au gré des âges, des dieux ou des démons ; ils sont comme moi : ils ne plient pas, même battus, ils peuvent juste faire semblant, préparant le coup de griffe justicier.

Pas vu Pierre depuis son retour. Ordinairement au retour d'une de ses virées, il arrive, pavoisant, le triomphe au pli de l'œil, avec son quasi-sourire de Joconde, mais silencieux. Il n'a pas besoin de parler. Son attitude le traduit totalement. Cette fois il se terre. Ou ça n'a pas marché, il est arrivé quelque chose.. ou bien c'est tout bêtement parce que j'ai dérangé son ordre très personnel en faisant son ménage. J'ai hélas l'impression que c'est cela.

Bon. Je vais aller le voir, moi ! Il fait beau, chaud, ça me sort de moi et de ma coquille de bois. Le sentier m'attend, tout de terre, d'aiguilles de pin roussies, de fleurs et de verdure, tigré de taches de soleil. Mon pas est élastique, bruissant comme de la soie; jamais l'asphalte ne peut transmettre une impression si plaisante.

Pas de Pierre aux alentours de sa cabane. Je frappe. Pas de réponse. J'entre : les chats clignent à peine de l'œil, et la chatte noire ne se lève à moitié que pour s'enrouler dans l'autre sens. Cela veut dire: Pierre n'est pas parti depuis longtemps; ils n'ont pas encore eu le temps de ressentir le besoin d'une présence humaine. Pour l'ordonnance du logis, je m'attendais à pire, étant donné le nombre de jours écoulés depuis que l'ermite a réintégré sa tanière. Évidemment il y a des choses qui traînent un peu ; mais ce n'est pas encore sale. Mon pot de fleurs a disparu; elles devaient être fanées. Où est Pierre?

J'explore autour de chez lui. Pas le moindre signe de sa présence. Le sentier continue plus loin, jamais je ne l'ai suivi; c'est l'occasion d'explorer.

Curieuse manie qu'ont les sentiers de se tortiller entre les arbres, les grosses roches, de suivre comme des lèvres de terre et de mousse le contour des cours d'eau, puis de zigzaguer souvent sans raison apparente. Tiens, ici il y a eu une autre cabane; elle fut incendiée. Il n'en reste qu'un carré de pierres noircies et quelques poutres calcinées, tombées en travers, colonisées par le lichen et les champignons. Je m'assois sur un tronc d'arbre, juste devant, pensive : quel drame, quel passé racontent ces ruines ? Qui a vécu ici ? Qui est peut-être mort ici ? D'où est venu le feu, du ciel ou d'une main négligente ? Ou criminelle ?

Julie, garde tranquille ta folle du logis ! Lève-toi et marche (quelqu'un a déjà dit ça, hein, Francis ?).

Je reprends le sentier. Il s'arrête brusquement devant un roc abrupt. Je le contourne et grimpe dessus : de l'autre côté un petit ruisseau, chant joli pour moi seule ; il se jette dans le lac et le remplit, pendant que l'autre ruisseau près de la route là-bas, le vide. La vie est ainsi, se gonflant d'une source et s'épuisant par une autre. Naissance et mort. Le lac est au milieu, dépendant de l'une et de l'autre pour être juste ce qu'il est, sans déborder ni s'assécher.

Repassant devant chez Pierre, même absence, même silence. Mais en poussant la porte chez moi, mon souffle s'arrête en sifflant dans ma gorge : tout est sens dessus dessous ! Qui a pu faire ça ! Qui m'en aurait voulu au point de...

... J'ai compris. C'est Pierre. Il a refait à l'envers ce que j'avais fait chez lui. Une moitié de moi accepte cette étrange justice, mais l'autre se révolte. Si tu me voyais, Francis, courir partout dehors en appelant ce maudit Pierre, le vouant à tous les feux de l'enfer ! Mais juste le silence. L'écho.

Rage impuissante. Celle-là même de l'écureuil au bout de sa course impuissante sur place, qui constate la méchanceté de l'illusion dans sa cage à roue d'exercice.

Un grand bâton. À coups de fouet dans les herbes folles. Pour passer mon agressivité.

Puis je rentre et ma fureur décuple mon efficacité : je range, replace, recrée le décor ordonné de mes habitudes. Puis assise sur le seuil, écrasée de fatigue, à bout de nerfs, je pleure. Tant de choses passent dans ces larmes ; le torrent s'insère dans le ruisseau, on ne le voit ni ne l'entend mais il est là dans la vigueur nouvelle de l'eau modeste. Les poisons sortent de moi.

Pierre s'est planté devant moi. Son ombre m'a fait signe. Comment ce géant peut-il marcher d'un pas si discret ? Debout, jambes écartées, poings aux hanches.

— Julie qui pleure !

— Laisse-moi tranquille, misérable !

— Comment, misérable ? On se permet de venir régenter ma façon de vivre dans ma maison quand je ne suis pas là, on joue à la petite ménagère indispensable, on met la patte sur le bonhomme et on se dit : celui-là je vais le discipliner, le mettre à ma main...

— Pierre, tu es idiot ! J'ai fait ça pour bien faire, pour t'aider, pour que ce soit joli chez toi. Et toi tu fous tout en l'air chez moi, c'est fin !

— Je ne veux pas qu'une femme mette le nez dans mes affaires. Ma crasse et mon désordre, ça c'est de mes affaires ! T'as pas aimé que je dérange tout ici, hein ? Moi j'ai pas aimé que tu déranges tout chez moi.

— Mais, Pierre, ce que j'ai fait est positif... et ce que tu as fait est tellement négatif !

Il a ouvert la bouche pour répondre, puis réfléchi. Je venais de compter un point.

— O.K. Mais chez moi, c'est chez moi. Moi c'est moi. Les femmes cherchent toujours à mettre une laisse au cou de l'homme ; le ménage, les petits plats...

Il bouillait. Il ouvrait et refermait ses poings. J'en ai eu vaguement peur. Puis il a tourné les talons et grogné :

— C'est une question de dignité, c'est tout !

Et Pierre est parti, à grandes enjambées. Alors j'ai compté sur ses chats pour l'apaiser et servir de médiateurs entre lui et moi. Car cet épisode, tout à coup, me rend fort triste. Je crains d'avoir brisé le pont fragile entre cet homme mi-fruste mi-cultivé (son langage n'est pas précisément celui d'un illettré), cet étrange sauvage devenu mon seul ami à cette époque de ma vie, et qui compte pour moi plus que je n'aurais pu le croire d'abord. J'ai failli courir après lui, lui demander pardon. Mais je pense que ç'aurait été pire. Il faudra le laisser revenir de lui-même. Car il est lui aussi comme un chat, ulcéré et secret. S'il revient...

Pierre n'a guère besoin de moi. Mais moi de lui.

Autour de moi tout n'est qu'échecs, brisures. Je suis comme la cabane incendiée. Mais encore à vif. Sans le manteau d'oubli du lichen boutonné de champignons. Je m'identifie à la forêt, au lac, au ruisseau, aux ruines, aux rocs, aux petites bêtes, aux chats. Si je pouvais me liquéfier en tout cela. Disparaître en tout cela !

Qui me redonnera une signification ? Toi, Francis ?

*

* *

Je préfère les êtres qui transgressent. Sans le vouloir je m'entoure de ceux-là. Tu m'es apparu comme transgressant. Pierre aussi. Hélas Robert est l'ordre même; tout est organisé, planifié, encadré, il fonctionne légalement, poliment, ses rouages sont bien huilés; il est froid et parfait. Jamais un pli à son pantalon, une tache à sa chemise, un cheveu déplacé. Il en devient empesé, surtout quand il faut avoir de la fantaisie, de l'imagination, laisser éclater ses sentiments. Il a sûrement des sentiments; il se laisse ronger par eux au lieu de les exprimer. Jamais il ne dépasse la limite permise sur les routes. Il a la réputation d'avoir été un enfant docile, un élève sage et studieux. Trop sage trop vite. Mon père était un peu comme lui. Je n'avais aucun contact avec mon père. Alors j'ai apprivoisé Robert; il fut ma sagesse, ma solidité, il l'est toujours. Moi j'ai été sa fantaisie et maintenant je suis sa croix. Et il m'apparaît non plus comme sécurité, mais comme prison. J'étouffe!

Toi, Francis, à côté de lui! Assagi, moins bruyant peut-être, mais des idées pas comme les autres, ta façon de te vêtir négligemment, même pour aller rencontrer le premier ministre; toi qui crois aux astres et aux extra-terrestres comme moi, toi qui inventes, comme je me suis reconnue en toi! Mais ton mystère, l'imprévisibilité de ta conduite à tout moment, cela m'a déconcertée, ton système de chaud-et-froid, douche écossaise, traitement terrible. Tu es un être qui transgresse.

Je fus dès mon enfance un être qui transgresse. Au couvent, celle dont la robe noire virevoltait à côté du rang bien aligné... c'était la mienne, le babillage s'éteignant une minute trop tard : le mien, les yeux perdus au-delà du paysage l'autre côté de la fenêtre en classe : les miens, le poème écrit pendant le cours de mathématiques : de moi ; et j'osais, pour me rassurer moi-même, planter mon regard droit dans celui de la religieuse qui me morigénait, au lieu de baisser la tête et de rougir comme les autres. Je me détestais d'être différente. J'aurais voulu être la jolie fillette appliquée et obéissante qui réussit toujours tout, chouchoutée par les religieuses qui la font asseoir juste devant elles dans la classe ; non pas que l'amour des religieuses m'ait semblé absolument nécessaire... non ; certes j'aurais voulu être aimée par tous et toutes, mais au pire, au moins passer inaperçue. Hélas je fus de ces enfants remuants et inventifs faisant le désespoir de leur entourage, et qui hérissent les professeurs trop épris d'ordre et de discipline ; de ceux dont on dit qu'ils ne réussiront jamais rien dans la vie... et de ceux-là justement qui réussissent plus tard (ai-je réussi quelque chose ? oui, je crois, au point de vue professionnel ; et Lucille l'écolière parfaite qui avait remporté le stupide concours de : écrivez le nom de celle qui est la plus appliquée parmi vos compagnes : Lucille ! Celle qui est la plus pieuse : Lucille ! Celle qui est la plus propre :

Lucille ! Lucille ! Lucille ! Elle était jolie, elle arrivait toujours première... hypocrite Lucille, vicieuse Lucille qui m'a initiée à des jeux interdits et qui revenait de communier les yeux pâmés d'extase religieuse sous les regards admiratifs des sœurs et de nous toutes, sauf moi... Hé bien cette Lucille, il n'y a pas de mois où je n'apprenne encore quelque chose qu'elle a raté).

Il m'a fallu des années pour accepter d'être de ceux qui n'entrent pas dans les moules... et continuer d'en subir les conséquences, bonnes ou mauvaises (ce qui m'arrive à mon travail fait partie de ce genre d'événements-là)... oser devenir fière de ma singularité, même si elle m'apporte souvent des horions et des avanies.

Pierre est aussi un être transgressant. Quand il dit « Moi c'est moi », c'est avec une fierté hargneuse, il ne souffre pas qu'on l'imagine autrement. Il transgresse la société en la fuyant pour vivre en ermite dans le bois, sans eau courante, sans électricité, avec le minimum d'argent, sans attaches autres que ses chats dignes et hautains comme lui. Ce qui l'a conduit sur cette voie d'évitement, c'est probablement un grand malentendu, un échec, un chagrin écrasant. Mais plus jamais il n'acceptera les bornes, les guides, les rites collectifs. En rangeant et nettoyant chez lui j'ai eu l'air de vouloir lui imposer mes normes. Il a pensé que je désirais lui mettre la patte dessus, et englobé toutes les femmes dans ce rôle de dompteuses de fauves. Et ça l'a blessé.

J'ai mal fait et je regrette. C'est vrai, ça ressemblait à une sorte de rite d'appropriation. Il en a été heurté. Les liens humains sont fragiles chez lui ; j'ai peut-être cassé la seule attache, ténue, qui le reliait à moi. Pierre le Taciturne me pardonnera-t-il ?

C'est important pour moi, Francis, je n'aurais pas voulu lui faire du mal (il est tellement rude qu'il a dû en subir énormément). Aussi parce que sans Pierre et ses chats, la forêt devient plus solitaire, plus sombre, plus menaçante, trop vaste pour moi. Si Pierre me rejette... inamical deviendra le lac, dur deviendra le bois. Pourtant il vit ici depuis des années, moi je partirai un jour, et peut-être me regrettera-t-il ? On est responsable de ce qu'on apprivoise, dit le Petit Prince. Je suis responsable de Pierre. Il l'est aussi un peu de moi. Créer des liens, terrible et magnifique pouvoir ! La vie devient un tissu épais, tant s'entrecroisent toutes sortes de fils ; certains lâchent, d'autres tiennent toujours... ainsi l'on tisse son linceul.

Je suis triste à cause de Pierre. Jamais je ne pensais en arriver là, Francis. Ce n'est pas une peine d'amour comme pour toi, c'est une peine d'amitié ; l'expression n'existe pas, la chose, oui.

Pierre n'a pas reparu. Oh, je l'ai bien entendu glisser avec la plus grande discrétion le gros cube de glace par le panneau extérieur de ma glacière, à l'aube. En ce moment, comme la chaleur est arrivée, c'est tous les deux matins que cela se produit. Mais il ne s'est pas autrement manifesté.

La nuit dernière fut pénible. J'ai l'impression d'avoir dormi par petits bouts. Chaleur, lourdeur, humidité. L'été est bien là, avec ses exagérations. Dire qu'il fait si froid l'hiver ! Pays sans bon sens !

Le jour s'en vient. J'entends la clenche tourner contre le bois, le bloc de glace glisser sur la clayette, le panneau se refermer. Je me précipite dehors pour traquer ce Pierre qui me fuit obstinément. Mais déjà il s'éloigne, je ne vois que son dos dans l'entrée du sentier.

— Pierre ! Pierre ! Viens ici... je t'en prie !

Il a levé le bras droit et l'a rabaissé. Geste signifiant « salut » et « fiche-moi la paix ».

— Pierre ! S'il te plaît !

Alors il s'est arrêté, pivotant lentement sur ses talons, m'a regardée d'un air sévère.

— Pierre... viens ! J'ai besoin de toi... mais je sais que je te suis inutile. Pierre, je t'en supplie ! Je suis ton amie, tu sais...

Il a haussé les épaules et s'en est retourné comme il était venu. J'ai perdu Pierre, je crois,

Francis. Pour avoir voulu lui rendre service. C'est idiot comme on peut faire du mal avec les meilleures intentions du monde. Ainsi toi...

Non. Je ne veux pas te parler de tout cela. Pas maintenant. Il fait encore, toujours et déjà si chaud, et pourtant il est tôt. La nuit n'aura rien rafraîchi.

J'enlève ma chemise de nuit (je couche sans elle, mais pour courir après Pierre, je l'avais enfilée hâtivement) et je me jette à l'eau. Elle est lente, tiède, miroitante. Silence total des jours d'intense chaleur où même les oiseaux n'osent turluter. Pas un souffle de vent. Tout semble mort, arrêté, immobile. Le soleil incendie le ras des arbres tandis que la montagne en face, côté ouest, est encore pleine de nuit sur sa pente sapineuse.

Sortie de l'eau, il me semble avoir aperçu un mouvement, là, derrière le gros érable... Pierre, peut-être, qui me regardait ? Cela me rend mal à l'aise. Je rentre en courant, m'éponge, enfile un short et un maillot en tricot de coton, croque une pomme, bois un jus d'orange. Et constate qu'il me faudra, par une telle chaleur, aller au village chercher des provisions. J'irai tôt, avant que la chape de plomb fondu ne s'étale sur le paysage, créant au dehors le désert, le monde réfugié à l'abri derrière les toiles baissées.

Partie à bicyclette, pédalant lentement, je suis arrivée au magasin général avant l'ouverture (elle-même un peu en retard, d'ailleurs). Le village aussi semble mort. La femme du propriétaire du magasin bâille en m'ouvrant, les bigoudis sur la tête.

— Va faire chaud aujourd'hui !

— Oui Madame !

— Il n'y aura pas beaucoup de clients. Et on est obligé d'ouvrir quand même...

— Hé...

Ayant rempli mon sac je suis repartie, plus lourde qu'à l'aller, plus écrasée encore par la chaleur qui n'arrête pas d'enfler. Dès mon arrivée, encore un saut dans le lac, car déjà j'étais en sueur. Encore vu bouger derrière le gros érable : je suis certaine que Pierre m'observe, et cela me rend encore plus mal à l'aise.

La journée s'est traînée ainsi, en équilibre sur la crête lumineuse et écrasante de midi. J'adore le soleil mais il est comme un excès d'amour : étouffant à la longue, et poussant à la fuite. J'ai somnolé après avoir mangé un bout de fromage, un bout de pain, avalé un jus d'orange, étendue par terre, le matelas de mon lit m'apparaissant un manteau trop lourd au dos, trop chaud. À mon réveil, encore une autre plongée dans le lac. Encore un mouvement derrière le gros érable. Alors j'ai crié aussi fort que possible :

— Tu peux te montrer, écornifleux, je t'ai vu !

Aucune réaction. Mon propre cri, virulent, fendant le silence incandescent, m'avait à lui seul rassurée. Puis le soir est finalement tombé. Alors je suis allée vers la cabane de Pierre.

J'ai fait comme lors de mes premières visites : un petit sourire timide au colosse taciturne, puis assise par terre en tailleur (en Indien) j'ai caressé les chats qui venaient à moi : d'abord Tigre le tigré, puis Jaunet le jaune et blanc, et Moune la chatte noire si amoureuse se tortillant sur le dos au moindre signe d'intérêt qu'on lui porte, puis Barbouillé le chaton marqué de si incroyable façon, un œil niché dans le poil blanc et l'autre dans le rayé gris, et Houpette la vieille chatte indolente au poil si long et si abondant qui oublie continuellement hors de sa gueule un petit bout de langue rose vif, tandis que Baba, toujours distant, se tient à trois pas assis, impénétrable, dans sa fourrure grise.

Alors il m'est venu une idée. J'ai parlé aux chats. Je leur ai dit :

— Ah mes beaux, mes beaux ! Que serait le monde sans vous, les chats ? Je voudrais être des vôtres ; au moins je serais certaine de l'amour de votre maître quoi que je fasse, car si j'étais chatte il me pardonnerait tout. Voyez-vous, mes beaux, j'aime bien votre maître, et je croyais qu'il m'aimait bien aussi ; mais voulant lui faire plaisir je lui ai déplu, et il ne me pardonne pas. Parce que je suis une femme, et qu'il a dû souffrir à cause de ma race. Je le comprends, mes beaux. Mais dites-lui que je suis comme vous fidèle à mes amitiés, et comme vous je ne veux ni posséder ni être possédée, demeurer libre et respecter la liberté de mes amis.

Puis je suis repartie. Sans savoir comment Pierre a reçu mon monologue. Sans connaître sa réaction. Ma dernière tentative pour récupérer une amitié précieuse que j'avais d'abord crue négligeable.

En ces jours d'épaisse chaleur où même la notion de temps devient floue, je me sens enveloppée d'une torpeur solitaire totale. On dirait que la vie est en train de fondre comme une chandelle allumée. Allongée sur le sol, dos au mur nord, le seul ombragé de ma cabane, je m'incruste dans le bois tiède, dans l'été fournaise, je m'amalgame à l'immobilité de l'air. Mes pensées, bride sur le cou, filent de tous les côtés, ne se précisant parfois qu'au hasard d'un rêve dont je ne sais plus s'il est éveillé ou endormi, probablement juste à la frontière entre les deux états. Je me sens comme une toute petite île de mousse en plein milieu d'une mer morte, calme, et je ne sais plus si quelqu'un vit ailleurs sur un rivage incertain. Ma solitude est si intense qu'elle ne se raconte pas. Elle n'est même pas triste, elle flotte comme un bateau de papier oublié par l'enfant qui l'a fabriqué. Je ne hais pas cette chaleur intense, elle me plaît même si elle me démolit. C'est le froid de l'hiver que je trouve insupportable, même quand je suis bien à l'abri devant un feu ; le froid me déprime. La chaleur m'accable sans m'attrister.

Ma tristesse vient d'ailleurs. De ma vie hier, aujourd'hui. De mes échecs. De mes abandons. De mes crucifiantes incertitudes dans cette époque de ma vie où je tourne sans fin dans ce croisement de routes sans savoir laquelle choisir. Elle vient aussi de l'affront que j'ai fait à Pierre sans trop le comprendre, de sa longue rancune dont j'ignore si elle doit avoir une fin, de cette amitié ténue si facilement brisée juste au moment où je commençais à le saisir un peu mieux et à l'apprécier, de sa façon de me faire savoir qu'il n'a jamais eu besoin de moi, juste au moment aussi où je commençais à le considérer comme un nécessaire protecteur et ami dans cette forêt pas encore tout à fait apprivoisée ; et ses chats dont je suis privée, mes amis et mes tellement pareils qu'en les regardant je ressens une impression de paix et de communication...

Soleil fonds-moi, écrase-moi, disperse-moi à tout jamais, que ma conscience même s'évanouisse et avec elle le noeud gordien de mes problèmes insoutenables ; brûle ce Moi devenu insupportable à lui-même !

Une image passe sous mes paupières et je la retiens ; il faut bien suivre une ligne si on ne veut pas devenir fou. Cette image, c'est Julie au volant de sa petite voiture sur une route de campagne ; une impression de paix gonfle ma poitrine, envahit mon esprit, et cet instinct sauvage, violent, de fuir, fuir, fuir ! Des vingtaines de fois j'ai ressenti cette impression. Mais toujours je me suis appliquée à mon devoir, j'ai renonçé, je n'ai pas osé partir. Cette route étroite, ces maisons blanches ou rouges à toit pointu, ces granges, les bêtes broutantes, le silence ; la vie ralentie, hors des luttes du monde citadin ; il me semblait que là, dans ces grands espaces, il y avait la vraie vie, la mienne n'étant qu'une suite de pas pressés, de courses à droite et à gauche, de fonctionnements inutiles. Le sentiment du temps de vivre ne peut guère se nicher au cœur d'activités nombreuses où j'étais supposée « me réaliser » mais où en fait je fuyais une réalité plus dure : un fils inacceptable, des tâches ménagères toujours recommencées et sans grandeur, étouffée par quatre murs et isolée par le silence d'un homme secret.

Puis un jour il y a eu toi, Francis, tes fausses promesses, tes baisers sans suite, puis l'acharnement du patron contre moi, l'incompréhension de Robert, l'hébétude inaltérable de Louis, mais ressentie plus durement encore en ces moments difficiles, et cette fuite enfin réalisée vers cette forêt, dans cette cabane de recommencement du monde, pour tenter de démêler l'écheveau de mes sentiments, retrouver ma place dans la vie... ou me pendre avec cet écheveau même.

Peux-tu comprendre qu'à travers ces tristesses sans fond, Francis, je découvre des joies animales à me laisser terrasser par le soleil et la chaleur, à me glisser nue dans le lac frais dont l'eau m'enveloppe d'une totale caresse, à regarder un chat qui se lave gravement, à donner une arachide dans ma main à l'écureuil devenu moins timide, à m'émerveiller de la couleur de l'épervière orangée, à écouter la mélopée sinistre du vent dans les pins ? Il me semble que malgré l'état instable et difficile où je me trouve, je vis vraiment, enfin, depuis des années de FONCTIONNEMENT. Cette espèce de retraite fermée va me changer. Doit me changer. Car il est devenu impossible de continuer à habiter mon corps de cette façon insensée, inhumaine. Mais dans ces transformations, chaque personnage orbitant dans mon existence devra être situé d'une nouvelle façon ; les statues de ma chapelle intérieure vont changer de niche. Où seras-tu par rapport à moi ? Quels seront mes sentiments envers toi si un jour tu décides de passer à l'action ? Car ta ligne de pensée, pour peu que je la connaisse, suit une trajectoire unie et droite, et tu agiras en ton temps. Mais en moi ton visage et ton corps sont constamment ballotés par une vague, si bien qu'un jour je serais amoureuse dans tes bras, un autre jour je te considérerais avec indifférence, un autre jour je jouerais le jeu tout simplement, je célébrerais le festin de l'amour avec juste la faim du corps, merveilleuse et libre, mais sans l'élan du cœur et sans nouer de liens.

Puis je pense à Pierre me guettant, invisible, quand je vais me baigner toute nue dans le lac. Je le sens là, il doit épier tous mes gestes, et ça m'embête. J'ai peine à croire qu'il a suffi d'avoir dérangé son désordre pour le rendre si faux, si sournois, si sauvage. Cette homme est inquiétant !

J'avais fermé les yeux. Il y eut soudain une présence. Mon regard a découvert la chatte Moune, marchant à pas mesurés et languissants dans le sentier, ondulant de sa queue en canne. Elle s'arrête, s'assied, murmure un petit rrou ! attend que je réponde.

— Viens Moune ! Viens !

La chatte noire demeure immobile, refait son petit rrou ! Je l'appelle encore. Elle se décide, approche à pas lents, se frotte à ma jambe repliée, puis se jette sur le dos en tortillant, ondulante de volupté. Elle n'était jamais venue chez moi. C'est curieux. Peut-être vient-elle me chercher ?

Je retourne chez Pierre, Moune me précédant. Il n'est pas là. Je m'assois au milieu des chats, leur parle, les caresse, assurée que leur maître n'est pas loin et ne perd pas un de mes mouvements. Je repars sans l'avoir vu.

Le temps languit, croupissant sous l'intense chaleur chargée d'humidité. Les aiguilles des heures, j'en suis certaine, marquent le pas, tournent moins vite que normalement. Mais ici je n'ai pas de pendule, et ma montre, jamais portée, someille au fond du tiroir dans le silence de son inutilité. Me voilà devenue paresseuse, comme le Mexicain à sa sieste de l'après-midi, assise sur le sol dos au mur, les yeux mi-clos, à la dérive incandescente du demi-rêve au cœur de juillet. Quel jour est-ce donc aujourd'hui ? Même réfléchir demande trop d'effort. Laisse tomber, Julie.

Un soir de sang tombe sur le lac, avec enfin un petit vent frais pour remuer un peu l'air ; quelque chose s'allège autour de moi et en moi. J'ai dû dormir...

C'est juste à ce moment que tu es apparu au bout du sentier, balançant ton sac de jute au bout de ton bras, ton jean pâle et si serré qu'il te révèle, ton torse nu brillant dans un reste de soleil, tes boucles d'un roux très clair éparpillées autour de ton visage pointu et glabre.

— Francis !

— Julie, salut ! Tu m'avais invité... Tu n'attends personne, j'espère ?

— Non non... Mais viens ! Entre !

Voilà. Tu me tombes dessus sans crier gare ! Je suis bouleversée. À ne plus savoir comment fonctionner, t'amenant cérémonieusement faire le tour de la propriétaire, n'osant m'approcher de toi et secouée à l'intérieur. Tu viens passer la fin de semaine avec moi ! Faut-il y croire ?

Et tu prends ma main, tu l'enveloppes dans la tienne, tu la portes à tes lèvres, juste ça et j'ai l'impression de m'écrouler comme un mur de pierres bombardé. Quel pouvoir terrible tu as sur moi, tu es le diable, Francis, pourtant tu ressembles à un ange souriant et doux.

— Le moment est arrivé, impatiente Julie !

À peine ton sac posé sur le buffet, à peine la lampe allumée, et j'ondule contre toi sous tes baisers, mon corps moulé au tien, nos chairs s'appelant à travers les minces tissus qui les séparent sans ignorer leurs précisions. Bientôt nous nous retrouvons totalement dépouillés, riant et gémissant à la fois ; tes longues et douces caresses, mes surprenantes audaces, ma plainte en crescendo plantée dans le silence nocturne, et la tienne exactement semblable quand tu vibres à la pointe de ton désir et que je bois ta sève, franchissant une frontière qui m'avait toujours semblée interdite. Pour une fois, mes rêves les plus intenses n'étaient pas déçus.

Longtemps demeurés enlacés, nous avons laissé venir le sommeil. Mais j'ai peu dormi cette nuit-là, trop ébranlée par les émotions de toutes sortes secouant mon âme et ma chair, sentant au creux de mon corps quelque chose du plus intime de toi qui cheminerait longtemps au dedans, symbolique élixir aux vertus presque magiques. Au matin seulement, je me suis assoupie.

Mais bientôt réveillée, je t'ai regardé dormir, guettant ta sortie du tunnel du sommeil. Après un moment j'ai embrassé tout doucement ta bouche entrouverte, je t'ai appelé tout bas. Tu grognes et continues à dormir. Une fois tu as ouvert les yeux et les as refermés. En vain ai-je tenté de te tirer des bras de Morphée. Je me suis recouchée à côté de toi, attendant dans l'immobilité que tu veuilles bien revenir dans le monde réel. Puis j'ai fini par me lever, impatiente, déçue : le réveil venait d'être raté, le joli réveil plein de tendresse et de rires que j'imaginais. C'était important pour moi. Mais tu me demeurais distant, obstinément enclos par le sommeil.

En plongeant dans le lac, je m'émouvais encore aux souvenirs de la veille, demeurant triste cependant du réveil manqué. En me séchant je suis encore allée te regarder dormir, espérant follement que tu ouvres les yeux et me tendes tes bras pour que je m'y blotisse dans un élan fou. Mais non, tu étais l'image parfaite de l'indifférente sérénité.

Mon petit déjeuner fut très frugal : une pomme, un grand verre d'eau de source. Comme tu dormais toujours je suis partie cueillir des framboises sauvages, parfumées et si petites qu'il faut un temps fou pour les accumuler en quantité raisonnable. À mon retour j'ai trouvé le lit vide ; en regardant autour, j'ai fini par t'apercevoir assis sur le bord du petit quai, juste sous le bouleau penché, immobile, nu et ruisselant.

— Oh ! Francis !

— Allo !

Salutation absolument fraternelle, sans émotion, neutre. Autour de tes reins tu as noué une serviette et tu t'es mis à remonter vers ma cabane. Allant à ta rencontre je t'ai offert ma bouche où tu as posé un baiser rapide et gentil. Où est donc l'amoureux tendre et passionné d'hier soir ?

Tu comprenais sûrement très bien ce que je ressentais. Ta conduite indiquait clairement ta liberté : tu ne m'appartenais pas plus qu'avant. J'ai saisi cette signification. Elle m'a fait du mal. Mais c'est peut-être mieux ainsi. Tu m'as si merveilleusement aimée hier soir, je ne devais demander rien de plus, n'est-ce pas ?

À table, face à face, nous dévorions une salade remplie d'un tas de bonnes choses avec beaucoup d'ail, causant de banalités émaillées ici et là d'une mince allusion, d'un peu de philosophie ; contact du bout des ailes de deux papillons craignant de se froisser à s'étreindre de trop près. J'ai eu envie de passer encore une fois ma main dans tes boucles si douces couleur de cuivre rouge comme je l'avais fait à satiété la veille. Tu as souri juste un peu quand je l'ai fait. Mais lorsque j'ai mis ma main sur ton front, comme on fait à un enfant pour vérifier s'il fait de la fièvre, fusa un grand éclat de rire que je n'ai pas compris. Ce geste évoquait quelque chose chez toi, j'aurais voulu le partager. Mais tu demeurais fermé. Ton corps, je l'avais eu, ça oui ! je n'en avais pas épargné un centimètre ; j'avais absorbé le plus intime de toi-même ; mais ton esprit et ton cœur sont demeurés lointains. Délibérément. Alors quoi ? Tu venais passer une fin de semaine en amoureux avec moi, je l'aurais imaginée tout entière enroulée sur un tendre nous-deux, mais ton hermétisme demeurait entre nous comme la table sur laquelle nous mangions et qui nous séparait en nous unissant.

Tout le jour fut un chassé-croisé de fuites et de rencontres. Je me suis appliquée à ne pas te poursuivre, sentant que cela t'aurait déplu ; d'ailleurs j'y aurais perdu ma dignité. J'avironnais le canoë sur le lac pendant que tu arpentais le sentier. Je grimpais sur la butte et tu nageais. Je m'étendais dans la mousse et tu voguais en canoë. Rares et anodines ont été nos paroles. Le jour me semblait interminable. Une fois le souper expédié et la lampe allumée, tu as demandé une lanterne et je t'ai regardé t'éloigner dans le sentier, vers la cabane de Pierre. Je t'ai attendu, piaffant d'impatience, te maudissant et te désirant à la fois. Quand tu es arrivé j'ai fait semblant de dormir. Tu m'as semblé étrange, un peu perdu. Je n'ai pas compris tout de suite. Sans que j'aie à poser de question tu m'as avoué :

— J'ai fumé du pot. En fumes-tu, toi ? En voudrais-tu ?

— Non, je ne sais pas fumer. J'ai essayé une fois, et tout ce que ça m'a fait, c'est de me brûler la gorge.

— Je me sens merveilleusement détendu !

Étendu sur le lit, bras repliés sous la tête, tes yeux fixaient le plafond. C'est moi qui t'ai provoqué. Tu as recommencé les mêmes caresses longues et douces, d'une tendresse un peu absente, puis en moi débuta la lente gradation de tes mouvements. Comme une incantation tu murmurais : « Laisse-toi aller, laisse-toi aller, laisse-toi emporter, fais sauter tes boulons, laisse-toi aller, laisse-toi posséder, centre-toi sur cette seule partie de ton corps, concentre-toi tout entière sur ton sexe, laisse-toi aller, laisse-toi aller... » Je gémissais, renversant ma tête en arrière, puis un cri est sorti de moi comme s'il venait d'ailleurs, ténoignant d'un plaisir si aigu que j'en serais morte s'il s'était prolongé. Mais toi tu ne t'es pas rendu jusqu'à l'accomplissement. Rapidement tu es redevenu calme. Et tu t'es endormi.

Alors je suis allée dormir sur le canapé, le corps exultant, le cœur plein de tristesse.

Tôt le matin, au chant éperdu des oiseaux, je me suis réveillée en pleine réflexion, essayant d'analyser ton attitude : tu es venu à moi, tu m'as aimée, mais ce faisant tu as comme épaissi le mur d'impossibilité entre nous deux, signant ainsi la fin d'un rêve ; tu as donné de toi sans te donner, m'ayant aimée sans m'aimer, communiquant de corps mais non de cœur. Je savais combien le souvenir érotique m'incendierait plus tard. J'étais certaine aussi que la tristesse m'empoignerait avec encore plus d'intensité de temps à autre. Je sentais mon amour comme la lune : une fois parcourue par des hommes, elle a perdu un peu de son mystère et de son attirance.

Pourtant je ne t'en voulais pas. Tu replaçais ainsi les choses dans leur contexte, en m'indiquant des limites, que moi, petit cheval fou, je franchissais trop facilement. Je suis redevenue ton amie, ta copine. C'est pour ça que le déjeuner fut gai, anodin et calme. Temporairement délivrée d'une espèce de hantise, j'ai su te transmettre le message silencieux de ma sérénité nouvelle ; ainsi nous avons pu causer un peu plus à cœurs ouverts. Tu m'as dit combien tu t'ennuyais de ta femme et de tes enfants, à ce moment même. Puis tu as essayé de comprendre l'échec de mon mariage. Je t'ai offert une tasse de tisane à la menthe, tu as bouclé ton bagage et tu es reparti, tout léger dans le soleil. En te regardant t'éloigner je songeais : « Je t'ai bu jusqu'à la lie, Francis ! » et ma chair demeurait frémissante tandis que mon cœur avait envie de pleurer la fin du rêve. Et par-dessus tout cela, j'ai ressenti un curieux sentiment de libération.

Car je venais d'apprendre à discerner enfin le désir de l'amour. Tu t'es retrouvé alors pour moi classé dans la filière : amitié et sexe. Il y aura des vagues troubles, certainement un jour ou l'autre, dans mon étang calmé. Mais plus de nuages au dessus.

J'avais eu la folie de croire éperduement en tes « Je t'aime », comme une adolescente. Est-ce imbécile, à mon âge ! Mais pourquoi, au nom du ciel, m'as-tu dit cela ? Y eut-il un instant où tu l'aurais cru ?

*

*   *

Ce lundi à la chaleur tenace, je me suis éveillée en songeant à nous deux ; à ce nous-deux charnel magnifique à côté de ce nous-deux lien psycho-émotif, si léger dans l'autre plateau de la balance qu'il ne fait guère le contrepoids. Ainsi, presque tout ce qui existe entre toi et moi, Francis, bascule dans la seule rencontre sexuelle. C'est un peu décevant, car il y a sûrement — il y avait — possibilité de beaucoup plus entre nous.

Mais il demeure ce mystère en toi ; par petites touches, sur le moment mal remarquées, un peu de toi m'a été révélé. Comme si tu avais écrit un message à l'encre invisible, la chaleur faisant apparaître ici et là quelques mots dont on peut tirer juste un commencement de synthèse.

Cela s'ordonne dans mon conscient. Il n'y a que cinq pour cent de ton moi intérieur révélé, mais un coin rassemblé du casse-tête peut quand même donner une petite idée de l'ensemble.

Tu m'as demandé si j'apprécierais les mêmes caresses me venant de tes mains... si elles m'étaient données par une femme. J'ai réfléchi un instant avant de répondre, n'ayant pas connu une telle expérience, mais me surprenant moi-même à ne pas me ressentir totalement fermée à cette supposition. Tout en ajoutant préférer, et de beaucoup, que cela me vienne d'un homme, de toi !

Plus tard tu m'as questionnée sur mes fantasmes. « As-tu déjà essayé l'amour à trois ? » — « Non, Francis. Mais à trois... moi et deux hommes, ou moi avec un homme et une autre femme ? » — « Des deux façons ! » Je t'ai avoué que si cela arrivait (et je me plaisais même à y rêver parfois quand l'amour et la vie sont si monotones) je me préférerais entre deux hommes. Me voyant le centre de leurs attentions : oui Francis, sans honte je te l'avoue. Alors tu as ajouté une phrase qui d'abord m'a troublée : « L'amour à trois, il faut bien préciser, Julie, c'est vraiment l'amour à trois. Tu dois accepter que tes deux partenaires hommes aient aussi une relation entre eux ! »

J'ai été interdite. Non, je n'avais jamais imaginé les choses ainsi. Mais en y réfléchissant cela m'a semblé logique. Le questionnaire a continué : « Est-ce que ça te gênerait d'assister à des relations entre les deux hommes ? » J'ai dit oui, puis non, puis : je ne sais vraiment pas. En insistant, tu as renversé la situation : « Et si tu étais avec un homme et une femme, tu accepterais les relations aussi avec la femme ? » Là, je n'ai pas pu répondre ; j'ai déclaré que tout dépendait des circonstances ; je ne serais probablement jamais l'initiatrice d'un tel jeu, mais un peu saoule peut-être je suivrais les deux autres en essayant de me conformer à leurs critères. Ensuite j'ai eu l'idée de te demander si toi, tu avais essayé l'amour à trois.

Et tu m'as répondu oui. Cela et bien d'autre chose. Et qu'Hélène en t'épousant était au courant de tout.

— Mais il faut être capoté un peu, tu comprends, Julie, faut être dans un état spécial. Moi, maintenant...

Toi maintenant tu es plus sage. Mais tu demeures ouvert au plaisir inattendu qui te serait offert, quel que soit le métal dans lequel est ciselé le plateau. Hein, Francis ?

Cela me trouble un peu. Je ne te juge pas du tout. Mais il existe entre toi et moi plus que dix ans de différence : une génération. J'ai grandi dans un moule étroit et puritain, formée à la culpabilité, aux valeurs indestructibles, aux barrières infranchissables dressées en moi-même et autour de moi. Si tu avais une idée du chemin que j'ai fait juste en refusant d'aller à la messe le dimanche, en apprenant à me consoler seule d'un mari froid, en m'offrant l'amant de passage sans remords et avec tout le plaisir du monde ! Avec toi, j'ai même dépassé d'autres frontières qui me semblaient impossibles à seulement rejoindre. Toi, jusqu'où tu es allé... il m'aurait fallu arriver dans la vie dix ans plus tard pour songer à t'y suivre. Le temps est passé, je ne m'en sens plus capable. Appréhendes-tu l'épaisseur du mur entre nous ? C'est cela, et cela seul, qui me fait mal. Jamais je ne pourai te rattraper. Non que je veuille t'attacher à moi et te posséder. Simplement parce que je rêve d'une communication parfaite. Ce n'est pas avec toi qu'elle me sera possible. Nos dix ans de différence — mes dix années de plus — ne pourront jamais s'effacer. Ma quête de l'âme sœur ne fait que commencer. Ce n'est pas toi ! Ce n'est pas toi ! Si tu savais comme cette constatation me déchire !

Ce qui m'ébranle aussi, c'est que tu réapparaisse dans ma vie périodiquement de façon impromptue, juste au moment où je commence à te ranger dans le sage tiroir de l'amitié au classeur de mon cerveau. Ce faisant tu deviens le vandale qui crée un désordre indescriptible sans même se rendre compte des conséquences de ses gestes.

Cependant ce qui me console, c'est que d'une fois à l'autre, cela me prend moins de temps pour faire le ménage dans mes sentiments pêle-mêle. J'en viendrai peut-être à te cueillir comme un beau fruit dans mon tardif jardin. Sans remords et sans secousses. Et le cœur vide, je mordrai à même ta chair juteuse par hasard à la portée de mes dents.

Matin laiteux de brouillard. Âme brumeuse. Infiniment triste est mon cœur, pour avoir cru un instant en l'amour, quand ce n'était que tricherie. Tricherie du temps plus que de toi : près de toi lors du conflit, je sentais tes nerfs tendus à craquer, j'ai su tes nuits blanches, tout cela te mettant dans un état second ; peut-être y ajoutais-tu certains éléments pour te soutenir ; j'étais à ta portée, prête à t'écouter passionnément, à vibrer avec toi, à croire en une union spéciale entre toi et moi. Quand par hasard tu t'es retrouvé d'autres fois dans un état second (tension, alcool, et le reste) tu as renoué le fil du rêve impossible. Mais quand tu revenais à la conscience normale des choses, à la réalité, je n'avais plus autant d'importance pour toi, tu t'éloignais même loin de moi. Je fais partie de ton autre moi, pas du réel. Notre histoire en est une bien ordinaire, et j'en pleure car elle me semblait si merveilleuse, si différente des amours de passage, des fêtes charnelles avec un homme qu'on ne revoit plus jamais et dont on oublie même le nom. Hélas tu ne m'aimes pas vraiment. Je suis seulement celle dont tu te sers quand tu es hors de toi-même.

Liliane avait raison : tu es mauvais pour moi, tu me fais mal, tu n'es pas une solution à mes difficultés mais un problème de plus. Pourtant, Francis, c'était si beau, si doux ! Je t'écris, Francis, ignorant si un jour tu me liras, mais cela ne me semble même plus important. J'ai commencé à m'adresser à toi, je continuerai ; mais si tu savais comme le visage que tu présentais au début de cette interminable missive a changé ! Je ne pense pas devoir te haïr, ce ne sera pas nécessaire ; pour peu que tu disparaisses physiquement de ma vie, le temps fera son ouvrage d'effacement. Le temps, et aussi le soulagement éprouvé à aligner ces mots et ces phrases, comme la plaie suppure pour se purifier et pour cicatriser. Si jamais tu lis cela, tu trouveras probablement mes prises de position trop dures, trop brutales... Rappelle-toi que ce n'est pas moi qui ai cassé le vase, éteint la lampe ! Savoir que tu t'es servi de moi, que tu as misé sur ma sentimentalité abandonnée et fragile, sur mon cœur dévasté, cela crée une infinie tristesse en moi. Francis, pourquoi as-tu fait cela ?

Comment ça, je suis injuste ? Tu ressentais vraiment quelque chose ? Penses-tu que je puis raisonnablement te croire, à présent ? Cette chose en toi fut si évanescente, fugitive ; tu as replacé tout cela au prosaïque niveau de l'amour physique. Avoue !

Je voudrais me promettre à moi-même de ne plus me mettre à ta disposition. Cela m'humilie à mes propres yeux. Avoir le courage de te dire non. Sans même espérer que ma nouvelle indifférence rallume en toi un feu nouveau. Je ne le ferais pas pour ça, mais pour mettre un point final à cette histoire d'amour avortée qui me cause plus de douleurs que de joies ; je le ferais parce que tu n'as jamais mérité les sentiments que j'ai éprouvés envers toi, tu ne t'es pas montré à la hauteur ; je te donnais des millions, alors que tu ne pouvais absorber qu'une dizaine, de ma part en tout cas. Tu es trop pris par Hélène, par tes enfants, toi l'être si libre mais si attaché... et si attachant ! Tu ne veux pas leur faire de mal, tu n'as aucune envie de transformer tes structures, tu te sens bien au creux de la chaleur familiale, tes aventures sont secrètes et fort passagères ; avec moi cela risquait d'être un peu plus, peut-être de remettre ta vie en question ; je te comprends de ne pas le vouloir. Je te souhaite simplement de ne pas le regretter ; de ne pas ME regretter ; car tu sembles avoir tout le temps devant toi et tu crois aux sentiments immuables ; moi j'ai passé cet âge. Si un jour tu me regrettes, il sera trop tard. Tant pis pour toi. Ou tant mieux.

Tu me trouves amère ? Je le suis ; mais c'est à moi que j'en veux le plus, non à toi. À moi de m'être laissé prendre dans un piège aussi gros, comme une adolescente à laquelle on dit « je t'aime » pour la première fois. J'espère, Francis, que tu ne connaîtras jamais ce désert du cœur qui me hante en ce moment. Cette solitude intérieure profonde. Ce désespoir qui noue la gorge. Cette croisée de chemins indécise. Cet intense besoin de lier mon âme à une autre, enfin, enfin, enfin ! Il n'est de pire solitude que la mienne, quand là-bas, en ville, j'existe entre un homme distant et un garçonnet imbécile, leur poids sur mes épaules, la nécessité de tout expliquer si je sors, si quelqu'un m'appelle ; la solitude sans solitude, sans liberté.

Comprends-tu, Francis, je trouve mon mari petit ; pas physiquement, non. Moralement petit. Sans idéal plus haut que celui de posséder et d'étaler ses sous. Avec la peur de se perdre s'il se donne un peu. Sans élan, sans générosité, à ne pas savoir ce qu'est l'acte gratuit. Je trouve Robert moralement constipé. Il ne raconte rien de ce qu'il ressent. Il ne veut pas qu'on le questionne. Il fuit comme une couleuvre dès qu'on cherche à le capter. C'est un être essentiellement seul, incapable de communiquer. Quand il me fait l'amour — si on peut appeler ça faire l'amour — c'est toute sa personnalité fermée, retenue, maladroite, qui passe dans ses gestes. Je meurs de soif auprès de ce puits sec. J'ai l'impression de vivre auprès d'un robot ! Je t'avais vu différent, Francis, plus tendre, plus ouvert, plus attentif, faisant si bien l'amour. Comment ne pas vouloir se gaver de filet mignon quand ça fait quinze ans qu'on mange de la ratatouille ! Et comment ne pas regretter la table bien garnie, un instant offerte, quand on a pour perspective... d'encore manger jusqu'à sa mort la toujours pareille ratatouille ! C'est à souhaiter d'y avaler un jour du poison pour en finir. Un jour, peut-être, je te trouverai aussi « petit » que Robert, Francis. Et cette pensée me fait mal.

Combien de temps va-t-il me falloir chercher la source d'eau vive ? L'homme qui m'aimera et que j'aimerai sans crainte. En lequel je pourrai avoir confiance, car il viendra quand il aura promis d'être là ; il m'aimera quand il aura promis de m'aimer. Il ne restera pas là comme une statue (Robert), ou ne s'enfuira pas sans explication, me rattrapant au tournant pour de nouveau me lâcher (toi, Francis). Je chercherai probablement toute ma vie...

— Moune ! C'est toi, Moune ! Viens ma belle !

La chatte noire s'approche en ronronnant, se frottant à mes jambes. Elle ne comprend rien quand je me mets à pleurer dans la fourrure de son flanc pressé contre mon visage.

On ne peut faire confiance qu'aux chats, décidément !

Mais tiens ! Les trémoussements de Moune font remonter à la surface mon rêve de la nuit dernière. J'étais près de toi, Francis, dans un étrange salon ovale, immense, avec des rideaux de velours rouge, un tapis rouge, un plafond rouge. Même ma robe, longue tunique décolletée en pointe, était rouge. Couleur du sang. Toi tu te tenais près de moi, torse nu, en jean serré. Assise sur un haut tabouret, je tendais les mains vers toi mais tu me repoussais en riant ; tu possédais seul le droit de me toucher, et tu caressais du revers de ta main le frémissant espace de chair de mon décolleté. Puis tu décrètes, me pointant du doigt : « Je dois faire ton éducation sexuelle, je suis ton maître ; tu n'as qu'à regarder autour de toi. Mais tu ne m'auras pas ! » Et dans un vaste éclat de rire tu t'es sauvé (ça c'est bien toi, Francis, te rendre inaccessible), et tout autour se sont précisées des formes humaines, des couples faisant l'amour, remuant, gémissant ; ici et là des groupes de trois ou quatre formant un impudique anneau charnel sur le tapis. Je regardais, blasée, comme au-dessus de ces choses, non impliquée, du haut de mon tabouret, te cherchant partout du regard, en vain. Et mon rêve s'est terminé ainsi.

Si on est attentif, Francis — cela, tu le sais autant que moi — on peut analyser ce langage débridé du subconscient qui nous renvoie sous formes d'images étranges et symboliques nos pensées, nos désirs, nos angoisses, nos émotions, et qui répond à nos questions d'une manière sibylline. Il faut juste méditer dans le calme pour avoir la clé du message chiffré.

Dans ce cas-ci, je me rends compte, mon cher Francis, que si tu as changé tu es cependant demeuré dans le fond le même ; c'est juste la façon de t'exprimer qui s'est transformée. Ce qui me déplaisait en toi autrefois, c'était justement l'allure moqueuse de celui auquel pas une femme ne résiste et qui se sert d'elle pour un désir passager, sans jamais se laisser posséder par aucune. Tu agissais comme le petit « frais » un peu voyant et affichant ses couleurs comme un drapeau claquant au vent. Cela me semblait de la prétention, attitude désagréable pour une femme libre qui sait ce qu'elle vaut et ce qu'elle veut. Tu as changé de manière, tu joues la note grave, tendre et secrète, mais tu veux toujours demeurer le seul maître des événements, posséder sans te faire avoir, et il ne te déplaît pas de savoir qu'une femme attend que tu sois disposé à l'aimer ; tu ne ressens pas plus de remords à la placer toute chaude sur une tablette jusqu'à la prochaine fois. Laquelle peut compter sur toi quand tu dis l'aimer, quand tu promets de l'appeler le lendemain ? Francis, je ne te méprise pas, je veux juste t'analyser tel que tu es, non tel que je t'ai imaginé. Tu avais pris une place vraiment démesurée dans mon imagination. Même si tu couches ici et là de temps à autre, Francis, tu es d'une désespérante fidélité à Hélène, elle te possède parce qu'elle t'a accepté comme maître absolu, et sans toi que serait-elle vraiment ?

Je t'écrivais au début de cette missive que tu m'avais servi de détonateur. Une cause minuscule peut déboucher sur un immense effet : la balle de pistolet tirée par un étudiant anarchiste dans la tête de l'archiduc d'Autriche était bien petite, et pourtant elle déclencha la première

guerre mondiale. Ainsi Francis, tu es bien petit pour m'avoir bouleversée de fond en comble. Cependant tous les éléments de ma guerre, je les portais en moi ; c'est toi, la balle de l'anarchie, qui a mis le feu aux poudres. Tu n'en as pas vraiment conscience. Mais il faut que je t'avoue une chose importante : tu n'as plus l'influence d'hier sur moi, je donnais trop de voile à ta brise en croyant au grand vent. Tu n'es pas mon maître, ni celui de mes pensées ni celui de mon corps. C'est effrayant ce que l'accomplissement sexuel a pu délier de liens en moi, cela devrait être tout le contraire. Des rêves se sont brisés et je les regrette, c'est vrai. Pourtant je savais d'avance combien ils étaient impossibles. Tu claquerais des doigts et j'accourerais : hier, oui ; maintenant... rien n'est moins certain ! Oh, je prendrai peut-être ce que tu m'offriras en passant, sans m'être préparée ni l'avoir attendu (attendu, surtout ; tu as le talent de faire attendre... et parfois inutilement) ; et peut-être aussi que je dirai non, tout bonnement, parce que je n'y serai pas disposée. Je n'organiserai plus mes heures, mes jours, mes semaines pour « le cas où ».

J'ai été folle, Francis. Cela fut terriblement doux et doucement terrible. Ce fut bon et torturant à la fois. Au fond cela valait mieux que la platitude, la monotonie de mon existence.

Le beau rêve est cassé. Il a commencé à s[e] fêler quand j'ai crié de plaisir dans tes bras. J'ava[is]

attendu trop longtemps ce moment, toute l'étoffe émotionnelle était usée, il ne restait plus que la trame charnelle.

Non, je ne serai plus celle qui t'attend, qui espère, que tu mènes à ton gré, ta docile élève dans les jeux interdits. Tu ne me mettras pas sur une tablette. Tu me prendras encore contre toi, peut-être, sans savoir que ce n'est plus la même Julie. Est-ce que je me donnerai la peine de t'expliquer, à toi qui n'explique rien ?

En m'emprisonnant, tu m'as donné le goût de la liberté.

*
* *

Chaleur toujours aussi intense. Mais plus sèche après l'orage de cette nuit dont la violence m'a épouvantée. Juste après son lever le soleil s'est mis à boire la rosée, les flaques d'eau, l'humidité pluvieuse des herbes, des mousses et des feuilles. C'était presque déjà tout sec quand je suis sortie dehors en m'éveillant. J'ai eu à peine le temps d'avaler un jus et de croquer une pomme, après une plongée dans le cristal frais du lac, puis draper en paréo l'étoffe fleurie apportée d'Haïti, que Pierre arrivait dans le sentier, la tête un peu penchée, me regardant à travers ses sourcils

froncés. Ses yeux sont plissés et paraissent noirs. Ils sont gris pourtant. « Un œil noir me regarde. » Il s'assoit sans un mot sur la grosse roche près du lac, près de moi. Comme s'il était un écureuil, je n'ose bouger de peur de le faire fuir, je n'ose parler. Il a l'air mauvais. Il me paralyse. Pierre, dis quelque chose ! Son silence est total. Le mien y répond nerveusement.

— Ton frisé, c'est toi qui me l'a envoyé l'autre soir ?

Ahurie. J'ai été ahurie, Francis.

— Quoi ? Il est allé te voir ?

— Ouais !

Pierre me parle de façon agressive. Comme si j'étais complice avec toi d'un vilain tour envers lui. Tu t'es bien dirigé dans le sentier menant à sa cabane, l'autre soir. Certes je t'avais parlé de Pierre. Mais ensuite ?

— Je ne savais pas !

— Aie, fais pas l'innocente !

— Je te jure, Pierre, je n'en savais rien. Je lui ai un peu parlé de toi, mais je ne pensais pas que...

— En tout cas, que ça ait été arrangé ou non, pas de différence. Drôle de gars, ton frisé. Il ne t'a pas parlé de sa visite chez moi ?

— Non !

— Ouais ! Drôle de gars.

— Pourquoi tu répètes : drôle de gars, Pierre ?

— Ben... il a des agissements... ah, puis je n'ai pas envie d'expliquer !

— Pourquoi es-tu venu ici, alors, Pierre ?

— Pour savoir s'il venait de ta part...

— Mais tu n'as pas l'air de me croire quand je te dis non.

— Drôle de gars, en tout cas...

— Vous avez fumé ensemble, c'est ça ?

— Ouais, on a fumé, et puis...

— Et puis quoi, Pierre ?

— Ah, never mind !

Le silence a repris le dessus. Je me sens bizarre en dedans. Pas envie de creuser plus à fond la question. Pierre, lui, semble avoir un regard moins aigu. Le temps file, et c'est lui qui renoue la conversation.

— Dans tout ça, c'est à cause de toi que je m'énervais, Julie. Tu aimes ce type ?

— Oh ça, je ne sais trop, des fois oui, des fois

non. C'est peut-être juste physique. Je me pose des tas de questions à ce sujet-là.

Il me vrille de ses yeux, il sont comme Méduse qui paralyse, ils m'hypnotisent.

— C'est un drôle de gars, mais un type intéressant. Trop même. Julie, tu ne devrais pas t'accrocher à lui, il va te mettre toute à l'envers, tu ne sauras plus aligner deux pensées cohérentes, il va te rendre folle, te détruire...

— Je le suis déjà. Sans lui et un peu aussi par lui...

— Maudit, je le savais donc !

— Mais Pierre, comment peux-tu savoir qu'il me ferait tout ça ?

— J'ai passé deux heures avec lui. Après, Julie, je te le dis, j'étais tout reviré ! Il a fallu que ça travaille là-dedans (il désigne son crâne) pour que tout revienne d'aplomb. Ce gars-là, Julie, c'est ensemble du miel et du poison.

— Je sais...

Il prend une ample goulée d'air et se tait. Le silence paisible arrache quelques lambeaux de nuages à nos pensées. Le silence est comme un baume. À moi maintenant d'aiguiller le train fragile de nos retrouvailles d'amitié sur une voie où tu n'es pas, Francis, beau diable à la tête d'ange.

— Alors, Pierre, tu n'es plus fâché contre moi ?

Pierre lève son visage qu'il tenait penché vers le sol. Son regard est doux. Lentement le sourire s'installe.

— Non.

— Amis comme avant ?

— Comme avant, Julie.

D'un geste brusque il prend ma main et l'embrasse avec une fougue qui me surprend. D'un autre côté je ne puis oublier son hypocrite surveillance, à travers les arbres, quand je me baigne nue dans le lac. Il refuse de l'avouer, de se montrer. Cette cachotterie inutile me fait un peu peur.

De nouveau le silence. As-tu remarqué, Francis, qu'on n'a guère le temps de se taire ensemble, dans le feu de la vie active, la vie trop rapide ? Ici, temps et silence prennent une autre dimension. Cela ressemble à un commencement de liberté...

J'ai pensé inviter Pierre à dîner. Nous ferions une grosse salade, nous mangerions du yogourt que j'ai fait hier et du pain que j'ai cuit avant-hier, avec le beurre doux déniché par surprise au magasin général du village, et du fromage de ferme au goût acidulé. J'ajouterais une boîte de thon à la salade pour l'étoffer un peu à la mesure de l'appétit d'un géant. D'un ogre à demi apprivoisé...

— Il fait si chaud ! On ne pourrait pas manger autre chose qu'un repas froid, des crudités... hein, Pierre ?

— O.K. As-tu du vin ?

Je n'ai pas de vin, non. Ni de bière. Ni de « fort ». Ni même de cidre.

— J'en ai, moi, du vin. Pas du vin extraordinaire, mais bon quand même ; bien sec. Je vais le chercher. Attends-moi, Julie, je reviens avec la bouteille.

J'aurais aimé mieux pas. Que Pierre ne boive pas. Il me reste un peu de crainte envers lui et je ne sais l'effet que l'alcool pourrait avoir sur lui. Enfin... Il revient déjà avec DEUX bouteilles. Elles multiplient mes craintes.

Il a accepté de m'aider à couper tout ce qui va entrer dans la salade. Mais s'étonne de chacun de mes gestes.

— J'ai vécu en France. C'est comme ça qu'on fait là-bas...

D'une gousse d'ail pelée et coupée en deux je frotte l'intérieur du saladier de bois. Ensuite l'huile d'olive que je sale ; à côté, délicatement, le vinaigre de vin que je poivre. Puis le mélange des deux à la fourchette, en ajoutant la gousse d'ail très finement émincée. Tandis qu'il pèle le concombre et le tranche, fait des quartiers de la grosse tomate, il me regarde couper longitudinalement les champignons frais couleur de peau de bébé, avec la même texture.

— Regarde, Pierre, ça ressemble à un téléphone !

Et je lui montre une tranche de champignon. Cela le fait rire ; il rit rarement. Au tour des échalotes, émincées tout entières du bulbe à la pointe des feuilles qui ressemblent à du gros spaghetti vert — autre étonnement de Pierre — et puis je déchire les feuilles de laitue bien croustillantes — mais non, Pierre, il ne faut pas couper la laitue, il faut la déchirer avec ses mains, exactement comme je fais — et puis hop, le tout dans le saladier.

— Tu veux la fatiguer pendant que je prépare le reste ?

— Quoi ?

J'ai fait exprès d'employer cette expression de « fatiguer la salade », pour voir s'il la comprendrait. Ensuite je lui explique qu'il faut la saisir avec la fourchette et la cuiller par le fond en la ramenant constamment sur le dessus. Longtemps. Pour que la vinaigrette l'imprègne parfaitement. Nous avons sorti la table et deux chaises sur le côté ombragé de la cabane dont l'intérieur est comme un four. Le four est dehors aussi, mais un four plus aéré, traversé ici et là d'une fléchette de brise. J'ai tranché le pain, sorti les assiettes, les couverts, le beurre et le fromage, et ajouté au dernier moment le thon à la salade. Pierre a versé le vin dans deux grands verres à eau, et d'un coup il a avalé la moitié du sien. Claquant sa langue il s'assoit avec un grognement de contentement.

Une clochette d'alarme sonne dans ma tête...

— Jamais mangé une aussi bonne salade de ma vie !

— Hein ! Je t'avais dit ! Hein Pierre ?

— Je vais acheter la même huile, le même vinaigre, puis de l'ail... Faut-y absolument un saladier de bois ?

— C'est préférable. Le bois retient les saveurs.

— Maintenant que je sais comment, je vais m'en faire, des salades comme ça, tu peux en être certaine ! Mais... tu ne bois pas ?

Je bois lentement. Pour déguster. Mais Pierre ingurgite d'une façon inquiétante. Il bouffe, cet ogre ! Deux fois, trois fois il reprend de la salade, pendant que j'arrive tout juste à avaler ma première assiette.

— Tu picores comme un petit oiseau, la belle enfant !

Il a changé de ton, son visage a rougi, il a l'oeil goguenard et son rire s'élargit. Autant en profiter pour obtenir des explications.

— Dis donc, Pierre, tu me racontais tout à l'heure qu'après deux heures auprès de Francis tu étais « tout reviré ». Qu'est-ce que tu voulais dire ?

— Ah ah, le beau Francis, le beau frisé ! Il t'énerve, celui-là, hein, Julie ? Tu devrais le savoir ce que j'voulais dire : avant de le rencontrer t'es comme une chaussette à l'endroit. Tranquille. Pas de question. Quand tu l'as rencontré, au bout de deux heures t'es comme une chaussette à l'envers. Tout autour de toi est reviré à l'envers aussi. Ce qui était blanc c'est noir. Tu te croyais correct, mais il t'a fait comprendre que tu l'es pas. Après faut que tu réfléchisses si tu veux retomber sur tes pieds, pour pouvoir te dire : je suis o.k., je suis comme je suis, je me prends comme je suis, que les autres me prennent comme ça ou bien qu'ils aillent au diable. Voyons, Julie... c'est pas justement ça ce que tu ressens ?

— Oui, tu as raison... seulement moi... ça revient puis ça repart.

— Il t'a plus « pognée » que moi.

— Voilà.

— Est-ce qu'il fait bien l'amour, ton frisé ?

Avant que je trouve comment répondre, Pierre est secoué d'un vaste fou rire. Puis brusquement devient grave, sombre même. Je n'aime pas l'inquiétante lueur réapparue dans son œil froncé.

— Moi aussi j'aimerais bien faire l'amour avec toi, Julie...

— Pierre !

— Ça serait sûrement différent d'avec Francis...

— Comment peux-tu savoir ?

De nouveau le vaste rire.

— Moi je suis violent. Les femmes aiment ça !

— Que tu dis !

Il boit à même le goulot de la seconde bouteille. La situation me semble périlleuse pour moi.

— Je vais chercher les yogourts...

Il se lève brusquement et me suit. À l'intérieur, les yogourts à la main, je me vois barrer le passage par ce géant contre lequel je ne pourrais sûrement pas me défendre. J'adopte le masque de l'autorité tranquille, mais je sue et tremble à l'intérieur.

— Pierre, va t'asseoir et cesse de boire !

Il hésite un moment... puis m'obéit. Un air de petit garçon contrit. Il mange son yogourt lentement, en claquant sa langue. Et pose ensuite sur la table, à plat, ses deux mains immenses. Impressionnantes.

Sentant sur ses larges pattes mon regard craintif, il les glisse sous la table, puis lève sur moi un visage innocent. L'ogre est tranquillisé.

— T'as eu peur de moi, hein Julie ?

— Ben... faut avouer...

— T'avais raison. J'avais sacrément envie de toi !

— Pierre, je t'en prie !

— O.K., ça va, c'est passé. T'énerve pas.

Grand soupir. Il se lève, joint ses mains derrière son dos, regarde le lac, aussi plein de silence et d'immobilité que cette eau de juillet. Je rentre les couverts, les chaises. Il vient m'aider à rentrer la table puis retourne immédiatement dehors. Comme si le danger était là, dans ma cabane.

— C'était bien bon, Julie. Merci. Eh, tu reviendras voir mes chats ? Ils s'ennuient de toi.

— Promis, Pierre.

L'évocation des chats a réconcilié mon humeur avec celle du soleil. J'ai souri. Pierre m'a fait un signe de la main et est reparti.

En lavant ma vaisselle, mes larmes tombent dans l'eau : je pense à ma peur, je pense à toi, Francis, l'évocation ambiguë m'a retournée moi aussi comme une chaussette.

Le soir, Pierre est revenu me voir brièvement, suivi de la chatte Moune. Juste pour me dire qu'un jour, Moune serait à moi. Si je la voulais...

La peau s'éveille en premier. Même avant l'ouie. Consciente, elle cherche à communiquer à l'esprit ce qu'elle ressent. Mais l'esprit demeure encore embué de rèves et de sommeil. Ce fut d'abord une sensation de froid. Mes mains cherchaient une couverture enfuie, pendant que mon inconscient tressait des lambeaux bizarres, inventant des tableaux symboliques, mêlant le souvenir aux désirs insensés, le réel à l'impossible, en se fichant de l'ordonnance du temps vivant. Ensuite j'ai entendu des cris d'oiseaux rebondissant dans un air curieusement élastique en créant des échos étrangers aux chauds matins de ce juillet forestier. Ma peau a froid. Mon âme se réveille par morceaux, sentant l'inconfort et n'arrivant pas à donner des ordres cohérents à mes membres engourdis. Cette lutte s'intensifie et s'amenuise comme la mer à l'assaut de la plage montant et redescendant dans un friselis d'écume. Parmi ce froid charnel ta figure rousselée surgit de temps à autre, tes boucles couleur de cuivre chaud, et ton grand rire en étirant le cou comme un goéland qui crie ; en y replongeant je retrouve une sorte de chaleur, puis le froid me retrousse encore les chairs.

C'est le froid qui a gagné. Je m'éveille nue sous une moitié de drap qui se répand sur le plancher près du lit ; lumière blanche, froid coupant. Vite mon gros chandail, mon jean, des chaussons de la laine rude, vite le poêle à faire pétiller, et le foyer Franklin à l'autre bout de la cabane. Mon œil curieux va de temps à autre vers la fenêtre où le paysage est immobile dans l'air gris, figé par un froid inattendu et soudain, un de ces incompréhensibles froids de plein été qui nous tombe dessus à peu près chaque été et que nous nous obstinons à ne pas comprendre, à ne pas croire, qui nous laisse étonnés, fâchés, parce que c'est absurde. D'abord une chaleur accablante depuis des jours, une chaleur qui fait s'enfoncer les talons dans le bitume des rues, fermer les bureaux plus tôt, vider les magasins d'appareils à climatiser et emplir les piscines de gens épuisés et suants. Et soudain, le froid tombe comme un bloc de glace, sans avertir. Alors toute l'organisation de la vie doit changer en quelques heures : il faut chauffer, récupérer les vêtements chauds, annuler un voyage en Gaspésie ou le « garden party ». Il y en a pour refuser la réalité... et se réveiller avec un bon rhume le lendemain. Hein, Francis ? Tu connais toutes ces choses. Il fait froid chez toi aussi. Si je te raconte tout ça, c'est seulement pour te faire part de ce que je ressens (même si tu t'en fiches bien, quand je ne suis pas à portée de tes bras...) parce que j'ai besoin de te le communiquer, même si elle est à sens unique, cette conversation-fleuve par écrit.

J'ai mangé, puis me suis roulée en boule dans l'unique fauteuil (crevé et usé) comme un escargot, malheureuse de ce simulacre d'automne, de ce coma de l'été, répétition pour le jour où le froid me chasserait définitivement de mon refuge en me jetant de nouveau dans la vie ordinaire ; cette vie-là ressemble à un cactus, à un oursin, remplie de pointes auxquelles je m'écorche tout le temps, tandis qu'ici je me sens si sereine malgré mes déchirures de cœur, si à l'aise, si « sécure ».

Si tu pouvais t'imaginer, Francis, quelle image idiote s'est présentée alors à mon esprit ! Je te raconte : j'étais petite, j'avais un oncle gigantesque qui riait fort. Il nous recevait chaque Noël, nous mangions un petit cochon de lait rôti complet, couché sur un lit de riz orné de persil et de cerises au marasquin, une pomme dans la trogne entrouverte. Je fermais toujours les yeux sur une scène qui pour moi représentait le sacrifice d'une petite bête immolée à la goinfrerie de la famille. Je refusais d'en manger, évidemment. Et tout aussi évidemment, mon père commençait à morigéner puis ma mère prenait la suite ; je savais la chanson par cœur au bout de deux ou trois ans ; ils utilisaient toujours les mêmes mots, dans le même ordre. J'étais « la petite capricieuse, la pincée, la dédaigneuse » de mon père, je « faisais le désespoir » de ma mère qui répétait pouvoir « compter comme des grains de chapelet mes vertèbres dans mon dos chaque soir dans la baignoire » et aussi « qu'une maigreur pareille semblait invincible. ». Ce genre de chansonnette était si bien adaptée à mon oreille qu'elle s'y blottissait sans se donner la peine d'enregistrer au cerveau le message. Mon oncle s'esclaffait, offrait « un autre petit coup », puis clouait le bec aux disputeurs en déclarant : « Laissez-la donc, elle saura bien un jour ce qu'elle refusait, et plus tard, elle aimera sûrement les cochons, petits ou grands. » Là-dessus tout le monde devenait hilare d'une manière spéciale incomprise de ma part.

Bon, j'y viens ; je t'ai raconté tout ça juste pour recréer l'atmosphère. Mon oncle avait un chien, gras, long, bas sur pattes, à poil court, avec un ridicule trognon de queue ; il passait la majeure partie de sa vie dans la cave, ça expliquait son excitation quand il pouvait en sortir. Mon oncle lui tortillait le trognon de queue en disant : « Attrape, Ti-Tou, mange ta queue ! » Et pendant que tout le monde rigolait, Ti-Tou partait au triple galop à la poursuite de sa queue, tournant dans le milieu du salon comme une toupie. Je riais avec les autres, trouvant ce chien fort imbécile. Mais il arrivait parfois à rattraper l'objet de sa poursuite, en plissant un peu plus d'un côté son corps grassouillet, puis il s'arrêtait net, victorieux, tandis que les rires étaient au paroxysme ; alors il avait droit à un biscuit.

Un de ces Noël — je n'allais pas encore à l'école, donc j'avais au plus cinq ans — mon oncle me regardait, l'œil pétillant : « Tu sais, Julie... » et il me raconta que Ti-Tou, un jour, courait si vite autour de la table qu'il percuta son derrière avec son propre front dans une rencontre brutale où il s'était rattrapé ! Toute la famille a ri à se tordre, non seulement de l'histoire, mais de ma bouche ouverte et de mes yeux étonnés : naïve, prise aux accents de sincérité de mon oncle, je l'avais cru, moi ! Et tous se moquaient de moi, comme ils se moquaient du chien courant après sa queue ; le chien imbécile participait à l'allégresse générale. Quand j'ai compris et me suis vue l'objet des moqueries des miens, je me suis sentie si mortifiée, si blessée, que j'ai couru me réfugier dans la toilette, fermant le loquet, refusant d'en sortir malgré les objurgations de ma mère, retenant mes sanglots. On a fini par m'abandonner à mon sort. Orgueilleuse, je ne savais plus comment m'en sortir. J'étais roulée en boule sur le tapis de bain. Roulée comme je le suis maintenant, dans la chaleur artificielle au milieu d'un invraisemblable froid de juillet, fâchée contre le monde extérieur comme je lui suis à présent. Cette position pour moi c'est le refus et le désespoir.

Ce Noël fut exécrable pour moi; je ne l'oublierai jamais ! Je l'avais terminé en vomissant. Pour qu'on me plaigne. Je ne l'avais pas fait exprès; ma nature avait retransmis physiologiquement mon message de détresse. Aujourd'hui je n'irais pas jusqu'à vomir : il n'y a ni chien ni oncle, ni cochon de lait rôti ni histoire salace, il n'y a plus de petite fille et ce n'est pas Noël. Pourtant ma détresse est aussi profonde. Je suis seule, délaissée de toi, repliée sur moi-même, désertée par le soleil, considérant comme une trahison ce froid tangible et inexplicable. Quoi ? L'été est si court ! Et la moitié s'en va en pluie, en jours de froid indu, c'est injuste ! Me roulant sur moi-même je ressens toutes les épines plantées dans ma chair par la vie. Ce jour, Francis, tu deviens toi aussi une épine. Une épine au cœur. Et cela aussi est injuste pour un cœur aussi désert et assoiffé que le mien.

Ce jour ressemble à la vieillesse, à la presque mort. Mais à une mort négative, même pas un passage vers un autre monde rempli de promesses ; même pas une fuite. Une mort piège. Bête. Imbécile comme le chien de mon oncle. (D'ailleurs le chien est mort, mon oncle aussi. Et ma tante voyage avec les revenus de son héritage.) Y a-t-il un paradis pour les chiens imbéciles ?

Au paradis, les enfants imbéciles comme mon Louis deviennent-il intelligents ?

Merde !

Sale temps. Sales pensées. Que faire pour oublier ?

*
* *

Quand je pense à tout ce qui est arrivé, mon esprit se tortille comme un ver coupé, ondulant entre la flamme et la glace, ne sachant choisir entre la joie ou l'angoisse. Le temps semble s'étirer lentement comme un élastique entre des doigts rêveurs, puis vlan, relâché il vole, rapetissé et bondissant. Le point de rupture, le moment où les doigts ont dénoué l'emprise... même la main ne l'a pas remarqué, et le rêveur est le premier surpris.

Il ne se passe rien. Je pense. Il fait froid. Pierre est absent. Il fait gris, il pleut, je chauffe, et je grogne, le mauvais temps m'interdisant la forêt et le lac. Je pense à toi, Francis, roulée dans mon fauteuil crevé, et cela me donne la même impression que le temps dehors : j'ai épuisé toutes les merveilles dont je t'avais paré, toutes les batailles que j'ai livrées contre ton souvenir, tout le plaisir sensuel de nos deux soirs d'amour, tout mon désespoir face à tes fuites et toutes mes déceptions face aux rêves que j'avais faits de toi. Ton image commence à s'effriter en mon cœur comme un drapeau fatigué de claquer au vent. Le sentiment antérieur de vide et d'ennui remonte à la surface.

Je tourne en rond. Physiquement et mentalement.

Sans trop savoir j'ai enfilé un gros chandail, pris un sac, ma bicyclette, j'ai filé vers le village. Le père Antoine est assis sur son éternelle chaise droite renversée, le dossier appuyé au mur, les pieds de la chaise dans le vide, ses pieds à lui balançant en cadence, sur la longue galerie de bois de sa maison, casquette sur le front, pipe éteinte calée dans le trou d'une dent absente. Il est toujours là, dans cette même position. À croire qu'il est partie intégrante du mur, de la galerie, qu'il fait corps avec la chaise, et que cette chaise a oublié comment se tenir sur ses quatre pattes. Le père Antoine voit tout, sait tout, mais ne dit rien. C'est un philosophe. Quand il raconte, c'est un privilège auquel il condescend.

— Oh ! monsieur Antoine ! Ça va ?

— Ah oui, madame Deschambault ! Pis vous ?

— Bof !

— Ouais, j'comprends, avec un temps pareil ! Envie d'aller faire un tour en ville ?

— Tiens... pourquoi pas ?

Je suis montée dans sa vieille guimbarde, si branlante qu'un pot de crème se changerait en beurre en une heure de route. Si rouillée que ses tôles jouent aux cymbales et aux castagnettes. Des sièges si cabossés, si défoncés qu'une couverture tirée dessus devient immodeste, révélant plus qu'elle ne cache. Le plus surprenant c'est que le moteur ronronne comme un vieux matou heureux.

Vingt minutes après j'étais rendue. Il m'a laissée en plein centre-ville, au restaurant du Vieux Rouet, promettant de venir me chercher à dix-huit heures précises ; si je changeais d'idée je lui téléphonerais. Le cancer motorisé est reparti, dans un concert de percussions. Ma solitude venait de changer d'aspect, s'entourant d'un paysage haut, rectiligne et bruyant : béton, verre, asphalte, fumée, foule, bruit. J'en ai été étourdie. Je suis entrée prendre un café. Non, je n'avais envie de voir personne, ni d'aller chez moi. Je ne voulais pas appeler Pierre au bureau. Ni Hélène chez toi (je ne voulais pas parler de toi ; elle l'aurait sûrement fait...). Je voulais juste errer dans cette rue, d'une vitrine à l'autre, conservant ma tour d'ivoire autour de moi, verte (de forêt) et invisible pour tous, établissant entre la ville et moi une muraille intangible. Dans un miroir je me suis trouvée moche. Moche ! Brunie, heureusement, mais mal foutue dans mon jean et mon gros chandail, maigre et le regard perdu. En ville je me trouve moche si je ne me mets pas au diapason de la ville. Dans la forêt je suis moi, tout simplement. Adoncques j'ai acheté une salopette de denim rose gomme, du maquillage pour les yeux et du rouge à lèvres, et dans la cabine d'essayage j'ai refait mon savant chignon, éclairé mes yeux de fard vert Nil, de eyeliner et de mascara noirs, puis dessiné un cœur framboise sur ma bouche. Avec la salopette rose, là, ça n'est pas mal du tout madame Deschambault ! On laisse le gros chandail de mohair blanc entrouvert, on fourre les vieux vêtements dans le sac ; ça y est, la ville va pouvoir m'admettre, je suis regardable.

En sortant de la boutique, toute ragaillardie, je me suis presque butée à toi.

— Francis !

— Julie ? Tu es revenue en ville ?

— En passant seulement. En passant.

Ce fut comme le vent l'hiver, contre une petite maison au bout d'un grand champ plat ; ça se ramasse des quatre coins de l'horizon, ça prend son élan multiplié à mesure que le champ se déroule sous son grand muscle, puis ça se plaque avec une violence inouie contre le mur de bois de la petite maison, giflant la fenêtre fragile, et un jour la petite maison, à force de pencher du côté opposé au vaste souffle, finit par s'écraser. Je me suis sentie écrasée en dedans, Francis, tes boucles rousses près de mon visage, le vert de tes yeux pâlement imité par le maquillage des miens, soudain ce fut moi la tornade de désir enroulée sur elle-même, tordue par sa propre force.

— J'ai faim. Et j'ai fini mon travail. Viens-tu ?

Vaincue, je t'ai suivi. Tu veux manger ? Je mangerai avec toi. Et j'éprouverai autant de joie que si tu me faisais une déclaration enfiévrée. Francis, si tu connaissais l'ampleur de ton pouvoir sur moi !

Je suis montée dans ta voiture, ignorante de ta pensée. Tu t'es arrêté à l'auberge, tu es passé tout droit devant la salle à manger, et je t'ai suivi comme une somnambule. Au guichet tu as réservé une chambre, signé et payé. Ta faim… c'était donc celle-là ?

Dans cette chambre, nous nous sommes embrassés. Déjà j'étais en orbite. À genoux tu as voulu allumer le poste FM attenant à la télévision ; tu ne trouvais rien à ton goût ; tu as mis une image sans son. À genoux contre toi je me suis perdue dans tes baisers, le peuple de tes doigts dansant la sarabande dans mon dos de mes épaules à mes reins. Nous avons coulé vers le lit, en remontant comme quand on projette le film d'une chute à l'envers. Je me suis ouverte comme un livre ; il n'y avait plus de barrières, plus de gêne, plus de craintes, je savais à l'avance tous mes gestes acceptés de toi, toutes mes paroles sans heurts, tu étais doux comme les plumes du goéland, chaud comme le sable, puissant comme la marée. Étonnée de moi-même je t'ai parlé sans aucune retenue : « Tu es doux, ton sexe est chaud, je te veux, j'aime tes caresses, ah c'est bon ! Viens en moi, viens, je t'aime, Francis » ; je gémissais continuellement, toutes mes défenses éclatées en mille miettes, me découvrant enfin dans l'acte charnel comme jamais je n'avais pu le faire auparavant.

Tu parlais peu, mais tes paroles étaient tendres et incandescentes, tu te livrais aussi en toute liberté, tu venais d'abattre la muraille et en toi, devant toi, tu me découvrais en te donnant.

Car pour la première fois tu te donnais à moi, sans rien vouloir prouver ; tu ne cherchais pas à m'éblouir de performances, je n'étais pas sous le microscope de ta curiosité quand tu créais mon plaisir. Pour la première fois tu ne me prenais pas seulement, tu échangeais la totalité de ton être avec le mien, sans chercher juste à observer mes réactions.

Ensuite nous sommes demeurés paisibles, joints l'un à l'autre comme des mains en prière, en conversant tout bas. Je t'ai avoué tout ce que je ressentais, et là aussi tu as correspondu avec moi, éclairant ta conduite par ta pensée enfin révélée. Je ne m'étais pas trompée : tu as eu peur de te faire prendre par un dévorant amour ; il y a ta femme et tes petits enfants dont tu es responsable et qui sont importants pour toi, le centre de ta vie. C'est vrai, vingt fois tu as eu envie de venir me voir, de m'enlever ; puis volontairement tu t'es retiré dans ton secret, tu m'as fuie. Tu as eu d'autres amours, tu en as toujours eues, même au plus vibrant de ta lune de miel, parce que tu es ainsi, et parce qu'Hélène n'est pas vraiment une grande amoureuse. Mais enfin ce soir tu venais, ébloui, de découvrir la vraie Julie ; auparavant, c'est exact, le déclic ne s'était pas vraiment fait ; lors de notre fin de semaine, certaines choses te préoccupaient, je t'avais parue lourde, et même insupportable par moment, autant à cause de toi que de moi. Je l'avais bien senti, et moi aussi je ressentais l'envie de fuir.

Avant que tu ne l'avoues, je l'avais compris, Francis. Il existe encore de grands pans d'ombre, mais l'essentiel demeure : toi et moi, c'est important, ça ne peut s'éteindre comme ça. Je me suis rendu compte que ton « amour » au début fut plutôt du désir (alors que chez moi c'était si sentimental !) ; maintenant nous venions de nous rencontrer à mi-chemin, sur la même longueur d'ondes. Je t'ai rassuré : « Je ne veux pas te posséder, te détruire, te séparer des tiens, Francis. Ne crains pas cela, je te respecte en tant qu'individu, je t'aime libre et je veux demeurer libre. Il y a entre toi et moi un sentiment fraternel... »

— Fraternel ?

— Oui, fraternel, cela veut dire : nous pouvons partager beaucoup de choses sans nous posséder l'un l'autre, sans nous lier, nous avons beaucoup en commun.

— Ah bon !

Tout cela murmuré à mi-voix, dans le secret pacifié d'après l'amour, comme de tendres confessions glissées au creux de l'oreille.

— L'autre fois, quand je t'ai bu, toute la journée je t'ai senti en moi, j'avais l'impression de te porter, de te garder au plus creux de moi. Et c'était bon, Francis !

Tu as pris ma figure entre tes mains. Ma figure penchée sur la tienne. Ton regard extasié.

— Quand je pense à toi (car je pense à toi souvent), je pense à Femme, avec un grand F, Julie. Ce que tu viens de me dire, ça me fait « triper » !

— Moi quand je pense à toi, Francis, je pense à Amour.

Et tu m'as serrée contre toi tandis que je baisais ton épaule étoilée de rousselures.

À la tendre gravité le rire se mêlait parfois. Mon pied a glissé sur le tien, rayonnant de chaleur :

— Bonjour pied !

— Tiens, bonjour pied !

— Ça va bien, pied ?

— Oui, pied. Et toi ?

— Merveilleuvesement bien, pied. Car tu me plais terriblement !

Fou rire. Tendresse.

À l'endroit de ton troisième œil, juste en haut de la racine du nez sur ton front, j'ai posé mes lèvres entrouvertes, récitant mentalement l'incantation qui lie les âmes : « Veni de sancta, sede Adonay... » Pardon, Francis, j'ai voulu t'attacher à moi plus que tu ne saurais y consentir. Mais tu as toi aussi embrassé mon troisième œil... Dans quel but ?

Nous reposions à plat sur le dos, côte à côte. J'ai mis ma main sur ma bouche contractée, par pudeur de sentiment. Tu n'as pas remarqué — heureusement ! — deux larmes se noyant l'une dans les cheveux sur ma tempe, l'autre dans mon oreille.

Tout était terminé. Nous nous retrouvions debout face à face, comme au commencement. Pardonne-moi encore, Francis, j'ai embrassé ton œil droit et ton gauche, ton front et ta bouche, tes deux mamelons puis la racine de ton sexe tranquillisé. Nous étudions les mêmes choses mais il y a tant de livres, tant de témoins et de guides, que peut-être tu ne t'es plus souvenu de ce signe de croix sacrilège et sacré qui te consacre à Venus. La déesse ne t'a-t-elle pas déjà marqué de son sceau ? Mais j'en désirais une part. Tu as certainement reconnu mon geste, sans le qualifier, et tu as simplement souri. Mes pouvoirs sont si minces, d'ailleurs... tu pouvais bien te permettre ce sourire indulgent.

À table tu as dévoré d'un bel appétit. Ça faisait plaisir à voir. J'ai juste grapillé quelques morceaux de ta pizza ; je demeurais encore en orbite, célébrant en pensée le tendre cérémonial imprévu sur nos deux calendriers, offert à nous en ce triste jour d'été gris et frisquet, tombé comme une étoile filante inattendue ; cette seule, unique vraie rencontre de nos cœurs, nos âmes et nos corps, sans ce divorce entre tous ces morceaux de nous qui marqua toutes nos autres rencontres, sur quelque plan qu'elles soient.

Tu m'as ramenée au Vieux Rouet pour mon rendez-vous avec le père Antoine à dix-huit heures. J'ignorais quand et comment je te reverrais. Il n'existait aucune promesse entre nous, juste un espoir fou (plus fou probablement de mon côté que du tien). Mais qu'importe : je ramenais avec moi matière à rêver, à me tourmenter d'une douce nostalgie dont je savais qu'elle me crucifierait tout en couvrant de baume mes blessures. « La maladie d'amour » m'avait en ces instants reprise, je m'en sentais toute illuminée de l'intérieur.

Mon impression ? Celle de la femme rêvant d'avoir un enfant, et à laquelle on vient de confirmer sa grossesse ; cette espèce de sérénité inattaquable, cette vibrante certitude, cet émerveillement profond, ce secret charnel et vivant.

Tu venais de me faire Femme, Francis. Avec un grand F comme celui de ton nom, en signant ma vie de cette étrange croix aux deux branches du même côté. Tu n'es pas le premier homme. Pourtant tu ES le premier. Tu m'as ouverte comme un livre ; aucun autre n'a su accomplir cet exploit.

Quand le père Antoine m'a ouvert la porte de sa vieille bagnole, il m'a considérée d'un œil interrogateur. Cela se voit donc tellement ?

Me revoilà dans ma forêt. Ma forêt verte et grise. Mon lac froid. Mais je suis remplie d'un soleil roux à faire pâlir le vrai. Francis, mon amour, tu m'as découverte à moi-même. Si de nouveau tu t'évades, tu me fuis — et c'est bien ce que je crois qui arrivera, je te connais, Francis, tu t'es donné un instant, tu te reprendras vite ! — le flot de tendres souvenirs et de découvertes qui me submerge à présent, qui me fera bien et mal, ne pourra plus jamais s'effacer. Même dans les bras d'un autre. La qualité de ce moment précis d'intimité est telle qu'elle remplira un peu les vides des autres rencontres, avec toi, avec Robert, avec d'autres. Je n'ai pas d'illusion. Et pourtant je serai heureuse même des larmes que tu me feras verser.

Fasse seulement le ciel que je ne me remette pas à espérer l'impossible. Ce serait insensé. Que tu sois béni par Adonay et sacré par Astharot, Francis mon dieu de l'amour !

Me revoilà assise dehors, au soir assombrisant un ciel nuageux, pour célébrer la naissance illuminée d'une femme de quarante ans. Je ne veux plus me poser de questions, je ne veux plus attendre, même plus éprouver d'espoir. Que les trompettes triomphales s'immobilisent dans leur cri victorieux. Que mon silence soit paisible. Que l'érotique baptême m'inonde de grâces.

Pourtant quelque chose de bizarre pointe dans le coin le plus ignoré de mon jardin intérieur ; une petite plante encore mal identifiable. Un ténu message : une telle perfection ne peut que demeurer unique. Cette petite plante n'est pas verte ; elle est sombre ; elle me fait peur...

Je suis allée en ville. Mais en demeurant à l'intérieur de mon globe de verre, comme le melon mûrissant. Toi seul y es entré. Tout le reste, tous les autres, cela me paraissait irréel.

Amoureuse. En amour. C'est si bon ! Une vague lente porte le cœur sans le secouer. Une longue rêverie ferme mes sens aux agressions extérieures, repliant mon âme sur le satin du sentiment. L'écureuil tourne et tourne dans sa roue sans fin ; je tourne et retourne à l'intérieur de mon rêve pour en lécher à fond toutes les parois sucrées. J'aimerais encore me retrouver dans tes bras, mais je ne ressens presque plus le besoin de ta présence pour te posséder et te goûter, Francis. À quoi songes-tu en cet instant ? Est-ce que la Femme avec un grand F se glisse parfois au croisement de ta pensée, ressens-tu un frisson bref dans la gorge, un coup sourd au plus chaud et au plus caché de ton intimité charnelle, comme cela m'arrive à moi à certaines évocations ?

Un diamant a beau être petit, il ne cesse jamais de lancer des feux. Pour moi, ce gris 19 juillet restera « un morceau de soleil tombé, une lumière éclatée » comme me racontait Stelio Sole à propos de ses dernières peintures, il y a trois ou quatre mois. Je dissèque chaque parcelle de cette rencontre émerveillée ; oh mon beau, mon roux Francis avec un F comme femme, un R comme rencontre, un A comme amour, un N comme la nuit, un C comme céleste, un I comme idole, un S... un... S comme solitude. Francis, mon royal amant !

Perdue dans mes pensées roses, j'entends soudain des pas dans le sentier, venant de la route.

— Robert ?

Dégringolade de dix étages. Robert me réintègre sans crier gare dans la planète réelle ! Tout gentil, il m'a apporté une bouteille de vin rosé, des livres, un grand châle en pointe tissé par une artisane, arc-en-ciel de teintes de la coquille d'œuf à l'ocre, de l'orange au chocholat, du cuivre au citron, avec une lourde frange écrue.

— Mais, Robert, qu'est-ce qui t'arrive ?

— Tu me manquais, Julie.

Nous avons bu toute la bouteille, à la lumière de la lampe à huile, au pétillement du feu de bois dans le poêle. Devenue euphorique, je me fichais du monde entier, riant pour rien, si bien, si bien dans ma peau ! Robert s'est mis à me caresser. Cela a fini comme d'habitude, ses gestes saccadés, tremblants, papillonnant sur mon corps sans s'arrêter, le pétrissement à pleine mains. J'étais ailleurs, absente, noyée dans mon rêve de Francis et dans le vin, molle comme un oreiller, passive et les sens peu éveillés par de si maladroites caresses, m'apparaissant plus maladroites encore après les tiennes, Francis. Robert est mon mari, il exerce son droit de mari, je ne puis indéfiniment le lui nier. Mais quelle corvée ! Quel éteignoir !

Non, ça ne vient pas. Je ferme les yeux, j'imagine ta main à la place de la sienne ; de toutes mes forces je t'évoque, j'oublie Robert, tu es là Francis, je commence à gémir, et puis j'exhale une longue plainte. Robert, émerveillé, travaille jusqu'à l'épuisement pour obtenir son propre plaisir, puis se retire et va se laver. Je reste là à rêver, étendue de travers sur mon petit lit, FrancisFrancisFrancisFrancisFrancis... Robert revient, s'étend à côté de moi, s'enroule dans ma couverture.

— C'était une bonne, celle-là, hein ?

En un coup de rein rageur me voilà debout, feulant comme une chatte, criant et pleurant, révoltée.

— Va t'en ! Va t'en ! Va t'en !

— Mais qu'est-ce qui te prend, Julie ?

Tu es venu sur le bord de ma bouche, tu as failli sortir de moi, beau secret mien. J'ai fermé les yeux, aspiré une grande bouffée d'air, et me suis rhabillée.

— Pardonne-moi, Robert. Je suis encore très nerveuse.

Robert comprend. Bon garçon. Sa femme est malade. En dépression. Psychotique. Il ne faut pas la contrarier, ni la secouer, ni lui poser de question. Assise à côté de lui. Il lisse doucement mes cheveux, murmurant des paroles apaisantes. Il m'assure qu'il comprend, me pardonne. Et qu'il m'adore. Pourtant il n'a rien compris.

Silence épais, gluant. Retombement

Il s'en va, baisant comme une sœur ma joue. Et je m'enroule de nouveau autour de mon rêve, renouant le fil cassé tout à l'heure. C'est à toi que va ma fidélité, Francis mon amour.

*

*   *

Ce moment sera unique. La petite plante sombre dans le coin le plus retiré de moi a continué de pousser. Elle m'inquiète de plus en plus. Je ne sais la définir, mais elle demeure là, obstinée, menaçante. Oui, je sens une menace imprécise... Il va arriver des événements durs, souffrants, je le sens, je le sais. Jamais mes pressentiments ne m'ont trompée. C'est encore imprécis. J'ai mal d'avance. Infiniment triste. Le charme de notre merveilleuse rencontre s'évanouit ; le retombement, accéléré par Robert, est lourd. Pourtant ce n'est pas de là seulement que m'arrivent le chagrin et l'inquiétude : c'est du nuage noir qui s'avance, au loin à l'horizon de mes pensées.

— Ça va pas, Julie ?

— Hein ?

Sursaut. Pas vu, pas ententu arriver Pierre le Taciturne. Marche comme un Sioux. Comme un espion. M'énerve !

Les mains derrière le dos, la tête à midi moins dix, l'air inquiet.

— Tu fais une tête d'enterrement, la belle !

— Hu...

Je me ronge un ongle avec fureur. Il piétine sur place, comme un ours maladroit, ne sachant trop quoi faire. Puis ramène ses mains en avant.

— Tiens, je l'ai fait pour toi.

— Pierre ! Il est magnifique !

Il me tend l'un de ses petits bateaux qu'ils sculpte, et qu'il vend ensuite dans des boutiques d'artisanat. Mais celui-là est vraiment spécial. Une caravelle ancienne, la coque élançée, une tête de femme comme figure de proue, des mâts fins comme des égratignures supportant des filins légers et des voiles de soie blanche toutes gonflées, le château arrière tout sculpté ; un bateau taillé dans un vieux bois à peine léché de vernis satin... une oeuvre d'art, de longue patience. Le plus beau de tous ses bateaux. Celui qui lui a demandé le plus de temps et d'application. Pour moi !

— Une merveille, Pierre, quel artiste tu es ! Mais pourquoi me le donnes-tu ?

— Parce que... j'en avais envie... parce que... ça me fait autant plaisir de te faire un cadeau, que ça me fait plaisir de le sculpter pour toi... parce que... parce que je t'aime bien !

Il rougit, se dandine de plus belle. Je me lève et pose un baiser sur chacune de ses joues. Sans alcool il est timide, je l'ai mis au comble de la confusion.

— Tu sais, Julie, l'autre jour à la bibliothèque, quand je suis allé copier des lettres gothiques pour la tombe de Monseigneur, j'ai aussi relevé des modèles de bateaux. Celui-là, je l'ai taillé pour toi. Ça m'a pris un mois de travail ! J'en suis bien fier.

Ne fais pas attention, Pierre, aux larmes roulant sur mes joues ; elles sont lourdes de tant de choses que tu ignores et qui te concernent tellement peu ; elles sont la mer salée pour ta caravelle. Elles coulent sur ma nostalgie et viennent aussi de la peur du nuage sombre que je vois s'approcher au loin.

Oh Francis, pourquoi faut-il que d'autres essaient, maladroitement, et sans le savoir, de prendre la place que je t'ai attribuée et que tu occupes si peu ? Pourquoi Robert et Pierre sont-ils si doux devant ma peine, moi qui ne suis guère en état d'apprécier leur tendresse ? L'amour est donc si fugitif qu'il fuit comme une caravelle au vent du large ? L'amour est donc si lourd que sombre la caravelle quand le nuage noir crève ? L'amour est-il si grave et si impérieux qu'il soulève comme un torrent, qu'il écrase comme un torrent ?

C'est peut-être seulement du désir... mais en ce moment je n'ai aucun discernement. Je m'exalte et je m'abats comme la vague sans cesse sur le rivage. C'est merveilleux et insupportable tout à la fois.

Mais tout vaut mieux que la torpeur, l'indifférence. Le battement du cœur est infiniment plus vivant que celui d'une machine. J'ai été une machine déjà. J'ai réappris le goût du rire et des larmes (plus de larmes que de rires, hélas !). C'est dur mais c'est bon.

— Dis, Julie, viens donc dîner chez moi ? Tu sais, j'ai fait le ménage, c'est tout propre. Et j'ai tout ce qu'il faut pour une salade comme la tienne de l'autre fois ; même un saladier en bois !

Tant de bonne volonté naïve. Je n'ai pas faim. Mais puis-je refuser ? Il a fait de nombreux efforts, en particulier son ménage. Dire non serait de la pure méchanceté.

— D'accord, Pierre.

Il est tout content, le pauvre ! Et moi je le suis, tête basse, regard tourné vers l'intérieur.

Sa cabane est ordonnée, fleurie, la table est mise, tout est prêt pour la salade. J'observe ses énormes mains découper avec adresse les champignons, le piment vert, la tomate, déchirer la laitue, fatiguer la salade. Il se dépêche, comme s'il avait peur que je change d'idée, que je parte.

J'ai accepté un verre de vin. Cela me ragaillardit. Il n'en a bu que deux et a sagement rangé la cruche : ce n'est pas le moment de gâcher un moment fragile et sans doute précieux pour lui, comme celui-là. Quelques toiles d'araignées se sont déchirées dans ma tête; il en est cependant demeuré d'autres qui m'empêchent de toucher toute la réalité des choses. Mais cela m'a fait du bien. Merci Pierre.

On me traite comme une grande malade menacée...

Pour lui donner une impression d'espace, une illusion de vent, de départ, de voyage, pour assurer sa légèreté et sa liberté, j'ai suspendu à un un fil la caravelle près de la fenêtre, ainsi le moindre souffle la fait bouger. Et mon regard, avant de se perdre dans le lac, la forêt de l'autre rive, l'horizon, le rêve... passe à travers les cordages et les filins de la petite caravelle pour croire lui aussi à la fuite, et dans mon cerveau s'inventent des cris de goéland, cet oiseau maritime dont j'ai fait mon symbole. À cause de sa blancheur, sa grâce et sa liberté.

Alors je deviens la caravelle, je file dans la brise remplie de cris tragiques et des envols immaculés qui claquent au vent comme des draps mouillés, plus rien n'importe que cette fuite où je m'abandonne moi-même sur le rivage, me transformant en un autre Moi plein de douceur et de plénitude.

Il suffit de peu... une caravelle grande comme ma main, et quelques instants de mon existence s'adoucissent ici et là. Le nuage s'estompe. Les coins s'arrondissent.

Pourtant l'imprécise menace que j'ai devinée demeure présente. Quand un mauvais pressentiment me tourmente, d'ordinaire il ne tarde pas à mieux s'éclairer. Il y eut un matin, voilà deux ans, où je me suis éveillée avec cette même lourdeur; au bout de quelques heures était écrit dans ma tête le mot: mort. Je la sentais là, prête à fondre sur quelqu'un de mon entourage. Effectivement la même semaine la femme de mon frère se faisait tuer dans un accident de la circulation. Quelque temps après j'ai lu dans mon cerveau le mot feu: C'est la maison voisine de la nôtre qui y passa; sans autres dommages que matériels, et la peur, durant une heure, que la nôtre y passe aussi. Régulièrement quand je vais chez des gens ou que je leur téléphone, je sens la maison vide à ce moment. Chez mon frère j'avais prévu la présence d'un couple étranger, en y allant une fois avec Robert et Louis; je l'ai dit à Robert. « Comment peux-tu savoir ça? » m'a-t-il demandé, sceptique. À notre arrivée il y avait chez mon frère un de ses employés avec sa femme. Robert me regarda d'un air bizarre.

Maintenant je sens une menace, mais elle ne se précise pas. Pas autrement, en tout cas, que sa multiplicité: c'est un enchaînement de malheurs qui va arriver. Lesquels? A qui? Quand? Le nuage noir ne m'en révèle pas plus.

Pourtant, tout à l'heure, en regardant la caravelle, je l'ai vue faire un tour complet sur elle-même. Et j'ai entendu une voix intérieure me dire: « Tu payes d'avance. » Je paie quoi? Ce cadeau de Pierre serait-il empoisonné?

J'ai mis mon maillot de bain pour plonger dans le lac. Je sens la présence invisible de Pierre. Simple réflexe de prudence.

Je te l'ai écrit quelques pages auparavant, n'est-ce pas Francis? que de petites choses peuvent susciter de grands effets. La jolie caravelle objet de mon rêve semble soudain concrétiser un maléfice, elle capte et réunit en faisceau des ondes malfaisantes. Je la décroche et la pose sur la tablette près du foyer, dans un coin d'ombre, murmurant tout bas une formule d'exorcisme. Tu ne dois pas trouver ça fou, Francis... s'il en est un pour comprendre la vie secrète des choses, les messages intangibles dont les objets sont parfois chargés, c'est bien toi.

Au fond tu es pour moi pareil à cette caravelle: je t'aime sans savoir si je veux vraiment, si je dois te garder dans mon cœur, ou t'éloigner pour sauver ma peau. Être vivants et objets sont liés parfois de façon imprévue.

« Objets inanimés, avez-vous donc une âme ? »

Qu'as-tu de commun avec la caravelle sculptée par Pierre ? Rien, et pourtant beaucoup : l'un et l'autre suscitez la dualité attrait-répulsion et la crainte magique. Vous êtes deux magnifiques points d'interrogation dans ma vie.

Et puis...

Et puis...

Il y a des semences qui prennent du temps à lever ; des épaves remontant du fond au bout de bien longtemps ; des mots glissés dans une conversation, murmurés par un besoin de se soulager d'un secret ; mais ils demeurent suspendus, s'évanouissent, car ils n'ont pas été reçus avec l'importance qui avait présidé à leur révélation. Plus tard ils remontent à la surface, parfois. C'est ainsi que me reviennent en mémoire certaines de tes paroles, Francis, comme des fleurs inattendues poussant ça et là dans un jardin désert. Une à une, elles ne signifient pas grand-chose, mais reliées, elles prennent tout à coup un sens plus précis. Cela s'est accompli à mon insu dans ma tête ; tes mots d'hier et d'avant-hier s'ordonnent, comme le message à l'encre sympathique que je te décrivais dans cette longue lettre. Je pense à notre rencontre merveilleuse de l'autre fois, quand tu me parlais de ta vie : trois beaux aimée d'hommes qui me laissent indifférente, et à aimer des hommes qui me regardent à peine et me prennent sans se donner, sans alimenter mon immense soif.

Il faut vivre avec le feu. C'est écrit.

Je deviens raisonnable. Mais j'éprouve un tel regret à cause de toi, Francis, un tel regret !

Quelle heure peut-il être ? C'est le milieu de l'après-midi. L'été réparé, vivant, ébloui, la paix verte et dorée règne sur mon petit monde. J'ai fait fondre une chandelle et baigné la quille et les flancs de la caravelle, pour la protéger. Car, ma belle, tu vas voguer ! Si Pierre t'a mal bâtie tu pencheras, tu couleras, tel sera ton message. S'il t'a bien faite, toute droite tu t'avanceras dans l'eau calme du lac en la prenant pour une mer. Évidemment il y aura un lien, une ficelle passée sous la figure de proue et nouée, impertinente, sous son nez. Étendue sur le ventre, sur le bois chaud du quai qui tangue, la ficelle à la main, je pose sur l'eau la caravelle. Elle flotte, bien droite, équilibrée comme le plus grand des navires ; elle va et vient au gré de la ficelle agitée ; mes yeux la suivent, hypnotisés. Tout devient flou autour. La caravelle grandit. Goélands, goélands ! Le sable. L'or roux. Les cheveux de Francis. C'était la vraie première fois, c'était la dernière fois, je ne te reverrai plus jamais, I won't see you any more... plus jamais... plus jamais... c'était si doux...

enfants, bientôt un quatrième, une femme que tu aimes... tu m'incluais en pensée dans ton existence... l'amour pour moi... « et d'autres aussi ». Je n'ai pas accusé tout de suite le coup. Mais en y réfléchissant, si tu n'es pas physiquement fidèle à Hélène, il n'y a aucune raison pour que je sois la seule autre femme de ta vie. Ensuite nous avons de nouveau discuté des amours à trois. « Je ne trouve rien de plus joli à voir que deux femmes qui font l'amour », m'as-tu dit. Nous avons argumenté sur l'attirance envers le même sexe ; tu trouves normal que les gens soient bisexuels ; pour ma part je ne juge pas, mais je ne me sens pas prête à m'impliquer dans ce genre de relations auxquelles tu sembles vouloir m'amener. Alors tu as déclaré : « Je te présenterai une femme très belle, un jour », et tu as souri, de ce petit sourire mi-sensuel mi-moqueur que j'aime bien et qui m'énerve tout à la fois.

Aujourd'hui je rapproche : « Et d'autres aussi » de ce : « Je te présenterai une femme très belle », ajoutant quelques autres phrases prononcées il y a plus longtemps, accrochant au tout le fait qu'au début tu éprouvais seulement du désir pour moi (c'était au temps où tu me disais : « Je t'aime ») en te déclarant « pas prêt » à traduire en gestes ce désir. Si j'ai pu me poser des questions, me torturer à chercher des réponses, des explications, à piaffer d'impatience...! Francis, il aurait été si simple de m'avouer qu'à ce moment-là tu avais une maîtresse, une « très belle femme » expérimentée dans l'art de l'amour actuel et des expériences diverses, que tout entier pris par elle et par ta famille tu n'avais guère de place pour moi dans ce tableau encombré. Moi je n'ai été et ne suis encore qu'une virgule au bout d'une longue phrase ici et là, une pause pour te permettre de respirer et de mieux apprécier Hélène et ta Belle. Pourquoi ne me l'as-tu pas avoué ? Tu m'aurais évité des souffrances inutiles.

Inutiles ? Pourtant non. Il faut blesser l'érable pour qu'il donne sa sève au printemps. « Si le grain ne meurt. » Tu m'as fait mourir à petit feu et à grandes flammes. Au milieu de mes tourments il y a eu, heureusement, quelques hautes joies. Jusqu'à hier je flottais sur un nuage lunaire, du sourire plein l'âme et plein la peau, des brassées d'espoirs déferlant dans mon cerveau. Tu redevenais l'homme avec lequel je vivrais un grand roman d'amour... Aujourd'hui je retrouve les quelques miettes de ton festin ; elles me furent de tout temps dévolues pour unique partage. Et si je suis un peu triste, ce n'est ni la torture ni la détresse qui résonnent au son de ton nom. Je continue à t'écrire cette longue lettre dans laquelle tu ressembles à un diamant, à multiples facettes, où ton visage vogue comme une caravelle maudite sur une mer juste assez calme et juste assez remuée pour refléter une image constamment déformée de toi.

Je t'ai accordé bien trop d'importance, ta statue te dépasse ! Cependant j'avais besoin de cela pour sortir de moi-même et tenter de me refaire. Tu deviens le correspondant de plus en plus lointain auquel s'adresse une lettre énorme qui cependant ne le rejoindra jamais.

J'ai écrit : jamais ?

Pourquoi en suis-je donc si certaine ? Fais-tu partie du nuage de menace toujours présent ?

Je suis calme, Francis. Il n'y a ni détresse ni angoisse en moi en ce qui te concerne. C'est informe, imprécis, mais je te sens partir, tu t'éloignes, je ne te reverrai plus. Cela me rend à la fois triste et résignée. Le destin. La fatalité. L'engrenage. On ne peut rien y changer. Comme cela aurait pu être magnifique, toi et moi dans le cocon d'une grande passion, où chacun cherche toujours à être près de l'autre, où chacun est l'obsession de l'autre, où les fils un à un se nouent, où âmes et cœurs s'ouvrent en toute confiance à l'intérieur d'un seul secret partagé ! Mon amour était à sens unique ; tu l'avais allumé juste pour t'y chauffer en passant. Je ne t'en veux pas. S'il doit y avoir un grand amour dans ma vie, ce n'est pas avec toi. Mais dans le lacis de lignes au creux de ma main, même si je refuse ce témoignage indélébile, c'est la solitude qui m'attend, hélas. I' n'y aura pas d'amour. Je continuerai comm depuis le temps où j'ai senti mon cœur, à êtr

pourquoi m'as-tu abandonnée? Est-ce qu'on renonce au soleil, imbécile? Francis, ange et démon, élixir et poison, Francis, viens avec moi sur la caravelle, allons nous perdre dans les jours d'autrefois, veni de sancta sede Adonay... nous nous lancerons dans les chutes Niagara et périrons ensemble au milieu de ce tonnerre déferlant et liquide, de mille flèches d'eau et de tambours de roches, on nous retrouvera déchiquetés, emmêlés à jamais, nos âmes abordant l'autre monde avec sérénité...

— Oh merde!

À demi endormie j'ai laissé les images déferler en moi et m'emporter. Images de lumière et de mort.

— Où est ma caravelle? Où est passée ma caravelle?

Plus de ficelle à la main. La caravelle enfuie. S'il faut que je l'aie perdue, que dira Pierre? Un mois de travail, réduit à zéro à cause des fantaisies d'une tête de linotte. Vite, la barque, les rames; je scrute fébrilement chaque repli branchu de la rive. Pas là, pas là, pas là. Je commence à désespérer. Mais devant la cabane de Pierre, tiens, la voilà, là, près du quai!

— Je l'ai trouvée! Ouf!

Pierre, debout, la contemple. Il doit être fâché. Alors vite, à la mesure de mon court souffle, j'explique : les flancs enduits de paraffine, la ficelle, elle vogue de façon admirable, elle m'émerveille, si bien que je m'enfuis dans un rêve avec elle, et réveillée, je constate son départ.

— Elle est revenue vers toi, Pierre, sais-tu cela ?

Il me scrute avec tant de férocité et de tendresse que je me sens paralysée, ne sachant plus ni que dire ni que faire. La caravelle repose dans ses mains ; il dénoue la ficelle, gratte de ses ongles les flancs cirés, la caresse comme si elle était une chair vive. Alors quelque chose s'insinue dans mes pensées ; je plisse les yeux, concentrée sur le besoin d'en découvrir le sens.

— Pierre, cette caravelle a une âme.

— T'es folle, voyons, c'est du bois !

— Du bois, c'est une fibre vivante, la vie végétale...

— Morte depuis longtemps, je te le jure ! Du bois mort ! Incendié, en plus !

— Incendié ?

— Ben oui, Julie, c'est du bois qui vient de la cabane brûlée. Tu sais, par là. Tu l'as vue !

— C'est vrai, Pierre, je l'ai vue. Je ne savais pas. Qui habitait cette cabane ? Est-ce qu'il y a eu des morts dans l'incendie ?

La violence bizarre de son « Je n'en sais rien ! » jeté comme un objet de haine, je n'ai pu l'expliquer. J'ai attendu. Pierre aussi. Après un moment il m'a remis la caravelle, au bois sombre, aux veines sombres que la seule teinture n'explique pas. Il existe un secret, un secret terrible dans la caravelle. J'irai voir le père Antoine au village. Il doit savoir.

— Merci Pierre... Et excuse-moi !

— T'excuser pourquoi ?

— D'avoir mis la caravelle à l'eau. J'aurais pu la perdre.

Il hausse les épaules, impatienté :

— Ben quoi, un bateau, c'est fait pour aller à l'eau, pas vrai ?

— Je ne le ferai plus, Pierre. Je t'en prie, comprends que c'est par excès d'appréciation...

— O.K. ! O.K. !

Et il s'en retourne rapidement. Je repars, ramant plus lentement, ma caravelle sur les genoux, la tête remplie de questions.

Il fait trop beau pour aller écouter des histoires tragiques. Mais c'est devenu une obsession. Le père Antoine est un vieux villageois au courant de tout, depuis longtemps. Il n'attend que les questions. Ma bicyclette appuyée sur son perron. Assise à côté de lui sur sa chaise penchée contre le mur. Je fais comme lui, pour l'amadouer. Quelques indices pour le mettre sur la piste. Et les vannes s'ouvrent.

— Ouais, c'est comme j'vous le disais, madame Deschambault. Cette affaire avait fait bien du bruit dans le village. Asteure les gens ont oublié. Alors...

— Oui? Alors?

— C'est comme j'vous le disais, ça été terrible. Un jeune couple. Elle, elle s'appelait Astrid, un drôle de nom, hein?

— C'est scandinave, je crois...

— Ah ça, j'sais pas trop, mais c'est comme je vous le disais...

(Il répète constamment cette expression)

— Oui, une triste histoire. Son gars, il s'appelait Antoine, comme moi. Elle était belle! Belle! Blonde, avec des grands cheveux, des beaux yeux bleus; bien faite à part de ça, mais pas mal flirt. Elle pis Antoine, pis souvent avec Pierre...

— Pierre les connaissait?

— Oui, il louait la cabane du bonhomme Martin, la même où il reste aujourd'hui. Il passait les fins de semaines là. Il venait de loin, c'était pas à la porte, son chez-eux ! On les voyait ensemble tous les trois à la danse de l'auberge le samedi soir... Pierre avait l'air mordu pour Astrid. Elle, c'est juste si elle le regardait ; mais elle faisait de l'oeil aux gars du village ; ça mettait Antoine en rage. Une fois ils se sont chicanés, Antoine et Pierre, ils se sont battus, et la belle Astrid, elle les regardait faire en riant, elle savait bien que c'était pour elle !

— Bon, et puis ?

— Après ça Pierre est parti, on ne l'a plus revu de l'été. Au début de septembre Astrid et Antoine sont partis à leur tour. L'été d'ensuite, ils sont revenus, ils ont loué la même cabane, et Pierre aussi. Il a amené sa femme et ses deux petits enfants...

— Qui ça ? Pierre ?

— Oui ! C'est comme je vous le disais. Mais sa femme, elle aimait pas ça vivre dans le bois, sans électricité ni eau courante, elle est pas restée huit jours, elle est repartie avec l'auto...

— Pourquoi vous dites : avec l'auto ?

— C'est parce que c'est important ; au lieu d'aller la reconduire, Pierre l'a laissée repartir avec l'auto. Elle s'en est allée avec les deux petits enfants, et... oh, misère !

— Quoi ?

— Pauvre eux autres ! Elle a eu un gros accident dans le tournant de l'autre côté du village, l'auto a dévalé le ravin et a pris feu puis explosé. On n'a pas retrouvé d'eux assez de quoi remplir une boîte à chaussures !

— Seigneur ! Et lui ?

— Pierre, quand on lui a dit, il paraît qu'il s'est pris la tête à deux mains, il s'est assis, il n'a plus bougé de là. Après il est retourné en ville pour les funérailles, pour arranger les affaires, puis il est revenu et il a acheté la cabane. Ça fait de ça, oh, sept ou huit ans. Mais c'est pas tout !

— Ah non ?

— Ben non, c'est comme je vous le disais, madame Deschambault, Astrid et Antoine... pauvres eux autres aussi ! C'était à la fin du mois d'août. Il s'est mis à faire froid. On a supposé qu'ils avaient chauffé le poêle trop fort...

— Qu'est-ce qui s'est passé ?

— Pierre est arrivé comme un fou en pleine nuit chez le curé, il a sonné la cloche de l'église. La cabane d'Antoine et Astrid brûlait... et ils étaient restés dedans !

— Oh là là !

— On a ramassé les pompiers volontaires, la pompe, les tuyaux, quand on est arrivés sur le bord du lac il ne restait pratiquement plus rien, des braises, des poutres fumantes ; ça brûle vite une cabane toute en vieux bois ! On a arrosé pour éteindre, on n'avait pas envie que toute la forêt y passe. Ça s'est fait vite. On a découvert les deux corps, tout noirs, serrés l'un contre l'autre. Pierre était assis sur une grosse roche, il pleurait. Voilà, c'est tout !

— Pierre n'a jamais raconté...

— Non, je comprends ! Il n'a jamais voulu en parler, il a toujours fait taire ceux qui mettaient ça sur le tapis. Dans le même été, il avait perdu pas mal de gens qu'il aimait, le Pierre ! Vous êtes mieux de ne pas jaser de ça avec lui, ça le rend féroce. C'est juste un conseil que je vous donne, madame Deschambault, parce que fâché, Pierre, il est comme un tigre ! Ça lui arrive de se battre encore pour une fille, même une fille à tout le monde : s'il l'a choisie ce soir-là, ben les autres y font mieux de ne pas la regarder trop fort, c'est moi qui vous le dis ! Je ne veux pas être méchant, mais Pierre, vous savez... Ah et puis je suis peut-être aussi bien de me taire.

— Mais non, parlez, monsieur Antoine !

— Ben... quand il a trop bu... il est pas juste saoul. On dirait... on dirait que ces histoires-là, ça l'a sonné un peu. Vous voyez ce que je veux dire ? C'est pour ça qu'il faut être prudente. Quand il boit, tenez-vous en loin.

— Bon, j'ai compris, merci monsieur Antoine.

— Ha ha ! Appelez-moi donc le père Antoine, comme tout le monde !

Il se renverse en riant sur sa chaise, comme pour exorciser les oiseaux noirs qu'il vient d'évoquer.

Maintenant je sais. Je saisis bien des choses. Et j'en devine peut-être d'autres, plus noires que corbeaux... L'été est toujours aussi beau. Je reviens à bicyclette, hantée par ces morts violentes. Craintive. Je devrais peut-être partir d'ici... Pourtant mon petit chez moi forestier est si beau !

Le bois de la caravelle vient de la cabane incendiée. Il contient effectivement deux âmes. Si Pierre y a sculpté le plus beau de ses petits bateaux et me l'a donné, c'est peut-être à une forme d'exorcisme qu'il s'est livré. Et s'il m'avait confié un objet envoûtant pour m'engluer dans sa tragique histoire ?

Robert dirait que je me monte l'imagination. Toi, Francis, tu m'écouterais attentivement, essayant d'analyser dans quel sens va la magie de cet objet et du don qu'il devint. Tu ne rirais pas de moi, tu ne hausserais pas les épaules en qualifiant mes élucubrations de pures folies.

Mais tu es si loin, si loin, de plus en plus loin, Francis !

*

* *

J'ai rêvé de toi la nuit dernière, Francis. Tes yeux vert pâle comme deux petites mers, tes yeux d'opale jouant parfois aux émeraudes, tes cheveux comme des copeaux de cuivre, des boudins de soleil, ton sourire aux dents si petites. Tu t'envolais dans le ciel devant moi. Mais quand tu revenais te poser près de moi, tu n'avais plus de visage et ton corps était translucide. Mon propre cri, dans un total silence, m'a réveillée. C'est entre l'aube et l'aurore, ce moment mauve où ciel et lac se confondent et les oiseaux ne sont pas encore éveillés. La sereine beauté de ce paysage, parallèle à ma peur profonde. Dans son coin, la caravelle de Pierre semble luire comme les statues phosphorescentes de mon enfance. Luisante d'une vie intérieure mystérieuse. Animée.

Mon rêve me hante. Que signifie-t-il ? Pourquoi cette impression tenace de ton éloignement ? Pourquoi me revenais-tu, éthéré, transparent, et sans visage? Tu ressemblais à un fantôme...

Le silence mauve de l'aube a fait place à l'exubérance rougeoyante pleine de chants d'oiseaux, de bruissements de feuilles, c'est l'aurore, le lever de l'astre-roi, grosse tomate lumineuse dans un écrin irrisé. Je me suis assise sur le pas de la porte, un châle sur les épaules. La chatte Moune, au pas de soie dans le sentier, s'est insérée dans mon univers avec ses petits « rrrou » calins ; elle se frotte à mes jambes, se jette sur le dos en ondulant quand je prononce seulement son nom. Elle a les yeux de la couleur des tiens, Francis, un chatoiement entre l'absinthe et l'opale, son iris s'amenuisant face au soleil et s'agrandissant dans mon ombre projetée sur le sol. Moune te ressemble, elle vient parfois s'énamourer près de moi, puis je demeure des jours sans la voir ; elle est remplie de mystère et de messages nébuleux ; et elle sait que je l'aime. Si tu étais un chat, Francis, ce serait tellement moins compliqué !

Les images de la nuit me collent à l'esprit. La splendeur sauvage de la nature me cloue sur place. Une impression de lourdeur m'empêche de bouger. Il a fallu l'écureuil gris, les deux mains sur le cœur, pour remonter mon mécanisme juste assez pour aller lui chercher des arachides qu'il vient cueillir une à une dans ma main, sous l'indifférence hypocrite de Moune dont les vibrisses nerveuses témoignent de son instinct félin devant un rongeur. Mais elle sait que j'aime la petite bête au gros oeil comme une goutte d'émail noir, qui décortique l'arachide en la tenant à deux mains puis la déguste à bouchées incroyablement rapides.

Une telle paix, tant de sérénité, de si jolies bêtes familières, et pourtant je suis oppressée. Immense solitude. Craintes inexpliquées, imprécises. Envie de me mettre à pleurer comme ça m'arrive parfois sans raison apparente, mais avec des milliers de raisons profondes qui m'étranglent le coeur.

Le lac commence à frissonner. C'est le matin. Je vois là-bas glisser la barque de Pierre, traînant la ligne à pêche à longs coups de rames tranquilles. Son visage tourné vers ma cabane, il m'a vue, il m'envoie un bonjour de la main, je réponds de même. Pierre est un ami. Pierre est un ami. Pierre EST UN AMI. Il faut m'en persuader.

Moune a disparu. L'écureuil aussi. Le vent fait jaser les feuilles et siffler légèrement les aiguilles de pins. Ainsi le temps passe sur ma lourdeur intérieure et mon immobilité physique. Je songe intensément à toi, Francis, comme si mes pensées pouvaient te recréer matériellement devant moi. Je te sens présent. Tu es toujours avec moi. Et tu n'en sais rien. Moi, je ne suis avec toi que quand je suis effectivement près de toi. Je te donne tant et reçois si peu ! C'est injuste, la vie.

Dans le sentier venant de la route, des craquements. Les bruits de métal entrechoqué d'une vieille bicyclette pas familière...

— Jacob?

— Ma... Ma... Madame... vite... iiiiiil faut veeeenir... Vo... votre mari aaaa appelé, c'est vooootre garçon, à l'hô... l'hô... l'hôpital!

— Quoi? Qu'est-ce qui est arrivé?

Bégayant furieusement, Jacob déclare qu'il n'en sait rien, que le père Antoine est prêt à venir me conduire à l'hôpital tout de suite.

J'ai attrapé ma salopette rose, mon chandail blanc, mon sac de toile. Sur ma bicyclette j'ai suivi, affolée, Jacob zigzaguant sur la sienne entre les pierres du sentier, peinant ensuite pour suivre ce singe agile sur la route jusqu'au village. Le père Antoine est debout à côté de son antique véhicule, l'air grave. Jacob remise ma bicyclette sous la galerie, me donne une petite tape fraternelle dans le dos pendant que je monte et m'assois. J'agis comme un automate, la tête vide. Le bonhomme ne dit pas un mot.

Louis est malade. Gravement. De quoi? Et s'il...

Et s'il... mourait? Je me mets à trembler. J'ai froid. J'ai peur. Peur de mes pensées mortelles. Car il y a longtemps que je souhaite le rappel de mon fils vers cet autre monde, d'où il a surgi mal fini, raté au départ. Sa vie n'a aucun sens. Aucune utilité. C'est un karma. Un destin tragique. Mon karma. Il devrait retourner d'où il vient.

Je suis sa mère. Et je souhaite sa mort. Cela me fait terriblement mal. Je suis horrible. Qui me comprendra? Toi, Francis? Toi qui adores tes enfants? Mais ils sont adorables, tu as raison, ils sont merveilleux, si beaux, si pleins de vie et de vivacité! Tandis que mon Louis...

— Pleurez pas, pauvre petite madame! Ça va aller, vous verrez, il s'en sortira!

Père Antoine, vous me faites sangloter! Si vous connaissiez mes pensées en ce moment! Je souhaite précisément qu'il ne s'en sorte pas. Pourtant je trouve la mort horrible, ignoble. « Que ce calice s'éloigne de moi! » La mort est terrible pour les autres. La mort de Louis serait terrible pour moi, qui suis affligée d'une dualité de sentiments. Et Robert dans tout cela? Robert comme le lion mâle, féroce pour tout ce qui menace ou attaque son rejeton. Son avorton (pardon Robert, pardon Louis, pardon la vie: mais je suis envers moi-même d'une franchise d'une lucidité brutales dans ce domaine).

Le père Antoine me laisse à l'entrée de l'institution, avec des souhaits de bonne chance. Je franchis les marches deux par deux, évitant de justesse de m'y écraser. Au bout de mon souffle et de mon angoisse je bredouille mon nom à la réceptionniste. Neutre, elle appelle le gardien qui me conduira là où il faut. Aux soins intensifs je retrouve Robert qui se jette avec violence contre moi. Dans ses paroles hachurées je saisis : « empoisonnement... pilules... lavage d'estomac... moniteur cardiaque... critique... » et il m'amène près d'un lit bardé d'appareils, de tubes, de bouteilles...

Il est là, pâle, les yeux fermés, cernés. Le bip... bip... du moniteur, le tressautement du petit point vert sur l'écran, la respiration rauque. Quand il dort, il est beau. Son visage est calme, serein. Souventes fois me suis-je glissée le soir dans sa chambre, le contempler à la lueur de la veilleuse : moments où je pouvais ressentir de grands élans d'amour maternel. Éveillé il détruit tout, même mon amour, tant il m'exaspère. Mon Louis, chair de ma chair, mon fils unique, dors, oh dors !

Le docteur s'approche, grave. Il se penche sur l'enfant. Soudain je m'accroche à lui en criant :

— Sauvez-le, docteur, sauvez-le, je vous en supplie !

Juste le temps d'apercevoir le regard surpris de Robert, puis tout est devenu noir. Je me suis éveillée sur une civière, dans le couloir, on me faisait une piqûre. Coup de fouet. Feu aux joues.

Longs moments d'angoisse et de silence dans le petit salon. Coups d'œil furtifs à la petite silhouette endormie constellée de tubes et de fils, entourée d'uniformes blancs qui s'agitent, au tressautement fébrile du point lumineux vert sur l'écran du moniteur cardiaque. Retours au salon trop beige et trop brun. Le bras de Robert autour de mon épaule. Nos deux désespoirs créent un réconfort fragile. Par moments des larmes, sur sa joue, sur la mienne. Pas un mot. L'attente. La terrible attente. Tout le jour ainsi, sans manger, sans boire, et sans envie de rien.

Puis Louis s'agite, ouvre les yeux. Vite on vient nous chercher. Robert va vers lui, je demeure en retrait, écrabouillée en dedans par un flots de sentiments contradictoires et par l'horreur de certains d'entre eux.

Au soir, Louis est sauvé, dans quelques jours il sera revenu chez nous. Chez nous ? Ou chez Robert et chez lui ? M'y voilà justement, crevée de fatigue, face à Robert aussi écrasé, la cuisine, deux cafés, et Lucie qui aime tant Louis et que l'inquiétude a rongée tout le jour sans qu'elle n'ose appeler à l'hôpital pour obtenir des nouvelles, Lucie qui jacasse dans sa nervosité soulagée en servant le café, des petits biscuits, qui nous offre vingt trucs à manger et que nous refusons tous, qui raconte dix fois comment elle a découvert Louis étendu sur le plancher de la salle de bains dans un salmigondis de pilules multicolores répandues partout, et qui essuie ses larmes du coin de son tablier...

Robert me surveille avec intensité.

— Julie, s'il te plaît, reste ! Au moins jusqu'à son retour ! S'il te plaît !

Mes pensées horribles me font mal. J'ai l'impression qu'elles sont inscrites sur mon front. Et pourtant je n'y pouvais rien ! Et pourtant j'aime mon fils, malgré tout ! Je voudrais retourner me cacher dans le bois, dans la solitude de ma cabane.

— D'acord, Robert.

La grande, la luxueuse, la dorée chambre conjugale. Contraste. Je pige dans le placard une chemise de nuit rose et son déshabillé assorti ; j'ai l'air d'une vieille mariée fioriturée. J'ai l'impression de flotter à mi-chemin entre réalité et irréel. Je suis un robot de dentelle rose. Robert me regarde. Me contemple. Sourit un peu. Puis le sommeil l'assomme. À moi il faudra un puissant somnifère.

Oh Francis ! Francis ! Comme j'aurais besoin de toi, de ton amour ! En ce soir où je ne dormirai point seule, plus épaisse et plus dense que jamais est ma solitude.

La Rôdeuse est venue dans les parages. Elle n'a pas achevé son œuvre. Je la sentais, dans mon oppressement, depuis quelques jours. Elle était là, la Rôdeuse, dans le nuage noir de mon horizon. Elle s'est éloignée, mais je la sens toujours, pas loin. Francis, j'ai peur !

Car la Rôdeuse finit toujours, implacablement, par avoir raison, un jour ou l'autre. Et l'on connaît si peu le monde des esprits où elle nous emmène tous, nous les mortels, les uns après les autres, chacun à son heure !

Tout s'enchaîne : la caravelle sculptée dans une cabane où furent brûlés deux amants ; le récit du père Antoine, pourquoi juste à ce moment-ci ? Mes sombres rêves, mes peurs imprécises ; et l'empoisonnement de mon fils mal aimé. Je pressens hélas que le cycle ne fait que commencer, et que rien ne peut le briser.

Rien d'autre que l'amour que tu me refuses, Francis, en faisant semblant de m'y faire goûter. Cet amour impossible.

Le rythme de la vie ordinaire m'a reprise. Docile. Le cérémonial du petit déjeuner ; Robert affairé et soucieux. Surtout silencieux. Petit baiser inconscient sur la joue, « Bonjour Julie, à tout à l'heure ! ». Puis Lucie se met en route comme un bruyant bulldozer dans la maison ; efficace, ordonnée, chantante, et facilement conversante,

Lucie reprend chaque matin la maison en main, plie tout événement, tout objet... et même toute personne à son sens de l'organisation. La vraie maîtresse de maison. Robert l'appelle « mère supérieure » en riant doucement. Je ris aussi : c'est tellement cela ! Sous sa direction Louis a fait de réels progrès. Il n'oserait s'opposer à la volonté toute puissante de Lucie. Il nous réserve, quand il est seul avec nous, ses parents, le refus, les caprices, les jérémiades, les colères, il retrouve ses manies de bébé. Cent fois j'ai dû défendre mon pauvre rôle de mère devant les arguments de Lucie. Elle veut tellement qu'il apprenne, qu'il se développe, qu'il grandisse... « Vous voulez le garder bébé », me reproche-t-elle, quand il vient s'asseoir sur mes genoux, se colle à moi... Comment expliquer à Lucie que c'est là la seule forme de communication entre lui et moi ? Cet agité chronique, calé dans mon cou, mêlant sa chaleur à la mienne, s'immobilise, se détend... et moi, sa mère en continuelle révolte contre un enfant anormal, je me sens devenir douce et tendre envers mon petit. La tendresse, ce n'est pas nécessaire seulement pour les enfants, Lucie ! Ton œil devient encore humide quand tu parles de « ton défunt », et vois comme tu serres Louis contre ton ventre les quelques fois où c'est à toi qu'il s'agglutine.

La vie est ce qu'elle est ; ma route maternelle a toujours été pavée de bons conseils et de bonnes gens qui ne me veulent que du bien : les pédiatres, les psychiatres pour enfants, les travailleuses sociales, mes amies, mes voisines, Robert, Lucie... et même cette inconnue, hier à l'hôpital, me rencontrant avec mon Louis dont l'agitation réveillée témoigne de son retour à la santé, me voyant excédée de ses excès, a pris sur elle de me conseiller sur mon attitude (« vous l'écoutez trop, vous remarquez trop ce qu'il fait, il cherche à attirer votre attention ; soyez ferme, ignorez ses bêtises, vous verrez... »). Il se trouve toujours quelqu'un pour me trouver mauvaise mère, pour me prouver combien je suis malhabile dans ce rôle, que je devrais bien laisser à d'autres, vu mon échec...

Hélas je le sais bien, que je suis mauvaise mère ! Mille fois je me le suis dit moi-même, ce n'est pas pour m'aider que d'autres abondent dans le même sens. Mais je suis sa mère, qu'on l'accepte ou non ! Et la seule façon que j'ai trouvée pour communiquer avec mon fils, c'est de le prendre dans mes bras, de le caresser comme un chat, de le sentir s'apaiser et m'apaiser ce faisant... Moi qui ai quarante ans, je ne suis pas un bébé, pourtant Dieu sait combien j'ai besoin de tendresse, combien cela me manque, une tendresse physique, douce et chaude qui transmet la sérénité. C'est pourquoi je m'accorde si parfaitement avec les chats : parce qu'ils savent être caressants tout en demeurant libres et en respectant la liberté des autres. Les caresses sont un langage. C'est le mien, le seul que je réussisse avec Louis.

« Normaliser, rendre plus autonome, adapter, enseigner... » comme j'en ai entendu de telles paroles concernant mon fils. Mais je n'ai pas résolu en moi le problème initial : faut-il laisser un aveugle dans sa nuit douillette, ou s'il est nécessaire de le persuader à quel point ses yeux lui manquent ? Quand il verra juste un peu que verra-t-il, sinon sa propre anormalité et les laideurs du monde ? Louis n'était-il pas bien dans sa demi-inconscience, et que découvre-t-il peu à peu à présent, sinon que la vie est dure, que les humains sont cruels, qu'il est dépendant parce que différent des autres ? Son début de conscience n'est-il pas la conscience de son propre malheur, des refus qu'il éveille autour de lui, des rejets inévitables, et n'est-ce pas pour cela qu'il pleure silencieusement, parfois, sans pouvoir expliquer pourquoi ? Faut-il absolument adapter un inadapté à un monde malade ?

Au fond si j'ai souhaité sa mort, c'est par un désir de bienheureuse inconscience pour lui, mais aussi — je dois me l'avouer avec lucidité — pour nous ôter un poids sur les épaules, et également — cela, c'est à la société de l'avouer — pour enlever du monde un être dont le monde ne saura que faire quand il sera d'âge adulte et que ses parents ne seront plus là.

On m'a répété à satiété qu'il me fallait accepter. Comment accepter l'inacceptable ? On ne devrait pas avoir peur des mots : qu'on parle carrément de résignation à un sort bête, incompréhensible et inutile. Comprends-tu Lucie, comprenez-vous, tous, que je préférerais pleurer un enfant mort qu'un vivant idiot ? Après la mort il n'y a plus de problème, il n'y a que des souvenirs qui s'embellissent quand on vieillit. Mais vivre jour après jour avec un enfant comme Louis... c'est une mort à petit feu, pour nous et pour lui.

Pourtant j'ai supplié le médecin de le sauver. C'est fort, la voix du sang. Il vient de mon ventre, et mon ventre me faisait mal quand je le contemplais, si pâle et immobile, environné d'humains vêtus de blanc le disputant à la Rôdeuse.

Demain il reviendra à la maison. Mon Louis, ma croix et ma tendresse sauvage. J'ai téléphoné au bureau pour te rejoindre, Francis. On m'a dit que tu étais parti en vacances. J'ai appelé chez toi. Pas de réponse. Plusieurs fois. Es-tu en voyage avec toute ta famille ? Pourtant Hélène doit approcher de son terme, non ?

Robert m'a demandé de rester. M'a suppliée. Dans deux jours je retourne à ma cabane, à ma forêt ; il me reste peu de temps pour en profiter, ce sera bientôt septembre, déjà les nuits froides...

C'est comme s'il me restait une mission à terminer. Une mission effrayante et imprécise. Rien ne saurait cependant me retenir ici. J'y reviendrai bien assez vite !

Francis, te reverrai-je ?

Pourquoi est-ce que ça répond « non » dans ma tête ?

*

* *

Tout est rentré dans l'ordre. Louis est à la maison, Robert et Lucie soulagés. La roue s'est remise à rouler. Je peux repartir. Ah, Francis, si tu avais pu recueillir le vaste soupir de soulagement jailli de moi ! Chez moi, c'est ici, dans le bois, près du lac, le sentier herbu de l'exubérance verte de l'été, le lac comme un grand oeil bleu cillé de sapins, ma cabane de planches foncées et adoucies par le temps, les intempéries. Pourtant il me faudra quitter tout cela, à cause même des froides saisons. Je me sentirai apatride !

Moune se tient sur le seuil de ma porte, couchée sur le ventre, les bras repliés dans la fourrure sombre de son poitrail. En me voyant elle miaule tout doucement, félin message de bienvenue. Je vais entrer, elle va me suivre...

— Mais, Moune... ?

Elle demeure sur le pas de la porte, le regard rempli de messages importants. Quand je vais vers elle, elle se met en marche, tourne la tête, miaule comme pour m'appeler.

Mais je refuse de la suivre. Pas tout de suite. Il me faut réintégrer émotionnellement ma demeure, mon refuge forestier, regarder chaque détail avec l'intensité d'une reprise de possession, prendre le temps de me sentir bien dans ce décor.

Moune revient, s'assied devant moi. Les chats ont une patience extraordinaire. Je demeure en contemplation, en méditation, apprivoisant de nouveau la forêt arbre par arbre, brin d'herbe par brin d'herbe. L'air est doux, frais, plein de senteurs de résine et de fleurs sauvages. Le vent frise la surface du lac par moment, comme les ondulations sur la tête d'un Noir, serrées, régulières, aux arêtes vives. De temps à autre un poisson saute et retombe dans un cercle qui s'élargit sur l'eau sans briser ses anneaux. Le soir tombe déjà ! Les jours sont plus courts. Le concert des rainettes débute presque une heure plus tôt. L'engoulevent lance son cri de « bois-pourri » plus tôt encore. La fraîcheur nocturne d'août annonce déjà l'automne. L'été est si fugace ! Et cela me rend tellement triste ! Des mois de misère grise, noire, blanche, vont venir.

Tout ce temps je me sentirai misérable, en espérance du printemps, de l'été...

Moune m'attend toujours, mais se rappelle à moi par un miaou discret.

— Mais oui, ma noire, j'y vais, chez toi !

Mon châle. La nuit sera claire, je n'ai pas besoin de lanterne pour le retour. Et me voilà en route pour la maison de Pierre, le cœur d'une légèreté si contrastante avec la tension des deux dernières semaines. Faudrait-il me méfier de cela ? Moune me précède, accélérant le pas peu à peu. Tiens ! Pierre n'a pas allumé sa lampe ! Quand j'entre c'est à peine si je le distingue de l'ombre, assis au fond sur son lit, imposante masse sombre et immobile.

— Pierre ?

Pas de réponse. Pas un mouvement.

— Veux-tu que j'allume ta lampe ?

Après un moment, il murmure un « oui » très bas, étouffé. Pendant que je fais les gestes rituels et délicats qui apporteront la lumière, je lui demande s'il est malade.

— Non.

— Alors, il est arrivé quelque chose ?

— Non.

Dialogue difficile ! Enfin il fait plus clair, la flamme illuminant le « manteau » de gaze blanche de la lampe à huile, sous le verre effilé. En la posant près de lui je distingue une longue balafre rouge sur sa joue, cernée de bleu, gonflée, mauvaise.

— Qu'est que c'est ?

— C'est Jaunet. Un coup de griffe.

Jaunet, cet aimable bonhomme doré ? Incroyable.

— Comment ça se fait ?

— Ça lui a pris tout d'un coup. Il doit être malade. Il est parti après ça.

— Où ?

— Sais pas. Dans le bois.

Il se lève d'un coup. Si brusquement que je sursaute. Il continue, sur un ton agressif :

— T'as pas besoin d'avoir peur, je l'ai pas étouffé !

Les autres chats sont plus agités que d'habitude ; deux d'entre eux tournent en rond comme dans une cage, à mes pieds. Moune seule est calme, roulée en boule sur l'armoire. Pierre se met à marcher de long en large nerveusement. Quelque chose s'est passé et mes questions n'arrivent pas à débusquer le mystère. Le malaise monte en moi lentement.

— Il faudrait soigner cette égratignure, Pierre

— Pas besoin.

Je m'approche pour examiner la plaie qu'on dirait remplie de poison. Le regard gris de Pierre m'atteint en pleine face ; regard un peu fou, aigu, tranchant.

— Pierre, ça ne va pas. Tu as bu ?

— Non !

Ce « non » est un cri plein de rage. Il se détourne brusquement et ordonne :

— Va-t-en. Julie. Vite !

Il me fait peur. Je devrais lui obéir. Mais s'il avait besoin de moi ?

— Non je reste. Il faut soigner ça, c'est vilain. Quelque chose ne va pas ici.

— Va-t-en, j'te dis ! Pars ! Sinon je vais te démolir, comme Louisette, comme mes petits, comme Astrid et Antoine. L'accident d'auto, je l'avais arrangé. La cabane, c'est moi qui ai mis le feu. C'est-y assez pour toi ?

— Non, je veux t'aider !

Il se tient campé devant moi, très près, le visage flambant. Je me sens toute retournée par sa confession, mais demeure clouée sur place par l'horreur inattendue de son aveu.

— J'pense que je suis malade. Mais j'ai besoin de personne. Va-t-en, Julie, parce que je me sens... Va-t-en au plus sacrant, comprends-tu, parce que ça va aller mal pour toi. J'me sens assez étrange! Sacre ton camp au plus vite si tu tiens à ta peau, moi j'me contrôle plus!

Il hurle, accomplissant de larges moulinets avec ses bras en l'air. Il est si effrayant que j'aurais dû partir, j'aurais dû comprendre. « Mon âme de boy-scout » comme tu disais, Francis, me faisait rester sur place pour lui donner du secours, malgré le noeud dans la gorge et tout mon corps tremblant.

Pierre s'est rué sur moi, m'a serrée avec violence contre lui, m'a embrassée de force et catapultée sur son lit en se jetant sur moi. Mes cris, mes larmes, mes supplications et mes appels à la raison ne faisaient que décupler son déchaînement. Comme si le barrage miné venait de s'effondrer, libérant une immense énergie destructrice que rien ne peut plus arrêter. Je savais que Pierre avait envie de moi. Je venais d'apprendre que parfois il se sentait bizarre. Je comprenais cependant que sa violence ne résultait pas de l'amour, mais du long ressentiment qu'il avait pour les femmes à cause d'une seule qui l'avait trahi. Et je payais pour elle. Pour Astrid que je n'ai pas connue et que Pierre a détruite parce qu'à cause d'elle il avait tué trois innocents.

J'ai fermé mes yeux et attendu, passive et malmenée, que passe l'ouragan. Il m'a violée avec une brutalité si intense que j'ai perdu conscience. Le bruit de verre cassé m'a rendue à la réalité ; Pierre passait le reste de sa rage sur tout ce qu'il trouvait autour de lui. Les chats s'esquivaient avec effarement. Moune contemplait la scène en philosophe. J'ai attrapé mon châle, j'ai attrapé Moune, et je suis partie à la course, secouée de sanglots nerveux.

À Moune posée par terre j'ai donné un peu de gruau préparé en vitesse, maladroite dans tous mes gestes tant je tremblais. Puis des nausées m'ont prise, juste eu le temps de sortir pour rendre mon souper à la terre. Ensuite je me suis jetée nue au lac, me laver de toute cette violence et ces souillures. Ma peau et mes os me faisaient mal mais je n'ai pas remarqué de blessure. J'avais l'impression d'avoir le ventre défoncé, déchiré, plein de feu. Je sanglotais en nageant avec vigueur comme pour évacuer de moi toute cette agressivité transmise. Ça me semble impossible, Pierre, me faire ça, Pierre, mon ami !

Pourtant j'étais restée sur place même s'il m'a enjoint plusieurs fois de m'en aller. Ai-je une part de responsabilité ? Aurais-je inconsciemment voulu le séduire, par exemple en me baignant nue, sachant qu'il m'observait ? Idiote, tu savais bien qu'il te voulait, tu as couru après !

Essuyage vigoureux. Je claque des dents. Couchée, Moune à mes pieds, je sombre dans une demi-conscience remplie d'images horribles, m'éveille en sueur, repars dans ce mauvais voyage où j'entends Pierre m'accuser de l'avoir séduit, de n'avoir eu que ce que je méritais. Ma nuit fut une succession de vagues d'angoisse, de sensations floues, terreur et culpabilité. Glacée puis mouillée de sueur, d'étouffement en nausées, j'ai marqué les heures, les minutes jusqu'à l'aube, où un miaulement m'a ramenée à juste assez de réalité pour aller ouvrir la porte à Moune. Et je suis repartie sur ma galère infernale. Pas une pensée, pas une idée qui se tienne sur ses pattes, tout est une bouillie grise où surnagent des bribes de raisonnement. Le matin m'a trouvée roulée en boule sous mon drap au pied de mon lit, courbatue, écrasée. Malade. Les paupières gonflées, incendiées par le sel de mes larmes. Fatiguée jusqu'à la limite. Mais plus lucide.

Il me faut examiner maintenant ce qui est arrivé. Analyser. Oui, c'est vrai, je me suis fait violer par Pierre, c'est terrible. Combien me faudra-t-il de temps pour lui pardonner, pour me défaire de ma peur, pour me déculpabiliser de ce dont je ne suis pas vraiment coupable ? Je n'en sais rien ; seulement il va me falloir travailler à ça très fort si je ne veux pas sombrer.

En fait, Pierre ne semblait pas normal. Même les chats étaient agités. Qu'est-il donc arrivé ? Cette zèbrure sur sa joue, si vilaine... coup de griffe du plus aimable des chats, ça aussi c'est anormal.

Mais... Je sais ! Jaunet devenu malade s'est transformé en félin agressif, et a marqué la joue de son maître... en lui transmettant un virus funeste, le genre de celui qui s'attaque au cerveau et rend fou ! C'est cela ! C'est sûrement cela !

Il faut que Pierre se fasse soigner au plus tôt ! Seulement... comment le convaincre ? J'ai surtout bien trop peur de retourner chez lui ! Et s'il m'avait contaminée ? Non, pourtant, je n'ai aucune blessure ouverte... Oui mais dans mon vagin ? De nouveau la terreur me submerge de sueurs froides. Allons, Julie, il faut te reprendre. Quelques respirations profondes... bon, ça va. Étendue sur le dos, je pense à tous les hommes qui sont ou furent présents dans ma vie. Je les trouve tous mauvais, cruels, agressifs, dominateurs, marchands d'esclaves. Toi aussi, Francis, toi aussi ! De tels sentiments sont plus lourds à porter que le monde sur les épaules d'Atlas. Comment me sera-t-il possible d'aimer maintenant ? Lequel pourra me prendre dans ses bras sans me faire hurler de terreur? Une pilule pareille s'avale-t-elle?

Rêver de toi, Francis, représentait un refuge. Maintenant même cela me fait mal. Mon rêve se promène sans objet, barque sans rameur abandonnée au courant sans savoir où ni comment accoster.

J'aurais envie de me détruire.

Le jour s'étire, soleil au zénith puis glissant jusqu'à l'horizon où il disparaît dans une flaque de sang. Tout ce rouge, image même de l'affront subi. Drapeau effiloché de la guerre et de la défaite. L'humiliation de la femme confrontée à sa faiblesse, marquée au fer de son indignité. J'ai peur de la nuit, bardée de lampes allumées, verrou tiré sur la porte et fenêtres fermées au loquet. Ni mangé ni bu de tout le jour. Par instants je claque des dents, je sanglote. À d'autres moments je deviens une statue rigide aux pensées évanescentes. Moitié de sommeil trouble, éveil brutal, rechute dans l'inconscience truffée d'images terrifiantes, et un second matin arrive, tout gris, ciel pesant, frais de brise. Mes mains, comme détachées de mon conscient, préparent le feu. Plus de glace dans ma glacière, le lait a suri. Mais il reste du jus d'orange, du pain, de la marmelade. Je me force à manger. Le plus difficile à avaler c'est la première bouchée. Puis je m'habille. Le visage que je rencontre dans le miroir est gris, cernes sous les yeux, chevelure en désordre. J'essaie de m'aimer malgré l'avilissement. Non! Je ne l'ai pas voulu! Il faut absolument dépasser le choc. Ne pas me laisser démolir. Ça prendra du temps. En évoquant ton image je tente de me réconcilier avec la moitié mâle de l'humanité, Francis. Tes cheveux de cuivre et d'or. Tes yeux d'opale. Ton sourire aux dents minuscules. Ta tendresse. Ta douceur. Ta façon magnifique de faire l'amour... Aie, petit frisson sur les reins... Trop vite évoqués, ces gestes instinctifs qui rappellent, en plus bestial, en plus violent, ce qui est devenu une agression haineuse plus qu'un acte d'amour. Au secours, Francis, pourquoi n'es-tu jamais là quand j'ai désespérément besoin de toi?

Pierre... Que devient-il? Il est malade, il a aussi besoin de secours. Mais j'ai si peur! Quoi faire? Aller au village, raconter tout? Comment notre monde reçoit-il le récit épouvantable des femmes violées? En les accusant, en se moquant, en refusant de les croire. Et si je disais seulement qu'il ne va pas bien... ouais, je n'en sais rien, après tout, faudrait aller voir avant!

Je dois partir d'ici. Mais quoi raconter à Robert? Il sera le premier à me traiter en pestiférée, en racoleuse! Arriver chez lui — chez nous — démolie comme je le suis à présent, sans rien expliquer... Peut-être que mon docteur pourrait me faire hospitaliser sans avertir Robert, mais hospitalisée pourquoi? Choc nerveux à la suite de quoi? Grande chance que j'y demeure longtemps, à l'hôpital, et dans un département particulier, si je lui arrive dans cet état sans rien raconter! Il faudra que je raconte, et ce récit à devoir transmettre me donne la chair de poule!

Qui appeler à l'aide? Qui? Je me sens misérable, terrifiée, prisonnière d'un sale secret qui me fait honte. Francis! Francis! où que tu sois, viens! Si tu savais ma terreur et ma solitude en ce moment!

Miaulement à la porte. Moune! Moune efflanquée au regard farouche. Vite du gruau, une boîte de sardines. Elle se jette sur le tout avec voracité. Pierre prend toujours soin de ses chats... alors?

Ça me prendra bien cent mains pour saisir mon courage. Même Moune refuse de m'accompagner. Si fort bat mon cœur qu'on dirait un tam-tam qui résonne dans le sentier. Je sens des contractions nerveuses dans mes mollets et aux paupières, mon souffle est plus que court; mon châle enserre ce réseau d'angoisses à la mesure de mon corps. Cabane en vue. Silence. Porte entrouverte. En m'approchant une odeur pestilentielle me saisit l'odorat, et me force à reculer jusqu'à l'entrée. Je fais le tour, et à la fenêtre côté jour j'examine l'intérieur.

D'une violence inattendue une crampe me casse en deux l'estomac, me recroqueville sur moi-même. J'ai vu derrière la vitre Pierre étendu par terre, le visage noirci, le regard vide, et tout autour de lui les cadavres de tous ses chats, même Jaunet, figés dans des attitudes grotesques. Les yeux fermés je me suis retenue au rebord de la fenêtre. Dès que j'ai senti la force de marcher je suis repartie vers ma cabane ; par moment le sentier et les arbres basculaient, le jour devenait presque noir.

Ma bicyclette. Mon tremblement intense multiplie les tressautements causés par les pierres, les racines et les creux terreux du sentier le long du ruisseau. Sur la route j'ai peine à rouler droit. Je suis ivre de tragédie et d'horreur.

Au village j'ai raconté ce que je venais de voir. Pas ce qui venait de m'arriver auparavant. On m'a fait asseoir, donné du cognac, en chuchotant de peur d'aviver l'ébranlement. Ils ne savent pas que c'est un choc après plusieurs autres. Mes dents jouent des castagnettes. J'ai froid. Le curé m'emmène au presbytère, me force à m'étendre sur le sofa dans le petit boudoir ; ses paroles sont douces, même si les phrases ne semblent avoir pour moi aucun sens. À deux maisons d'ici on avait déjà commencé à lancer des appels à la police, à l'ambulance, au vétérinaire (à cause des chats, pour constater s'ils sont contaminés).

J'entends arriver des véhicules. Je vois passer sur le mur du boudoir un pinceau de lumière rouge circulaire. On s'agite, on crie des ordres. Un agent de la Sûreté vient noter mon témoignage hachuré et hoquetant. À cet instant je songe avec une sorte de détachement que les ambulanciers devront marcher près d'une demi-heure pour arriver chez Pierre, précédés du père Antoine qui leur indiquera le chemin, puis mettre autant de temps à revenir à la route avec leur macabre chargement. Ils porteront des masques. Ils boucleront le corps de Pierre sur la civière, tout entier couvert par la couverture grise...

J'ai dû somnoler. Un coup de sonnette me réveille en sursaut. Le père Antoine est à côté avec le curé et l'agent. Il est question de « permission pour ouvrir la lettre »... Le curé vient vers moi en émissaire, sur la pointe des pieds. Me découvrant consciente il prend mille précautions pour me dire que Pierre m'avait laissé une lettre cachetée, que l'agent veut l'ouvrir pour constater si elle ne contient pas des détails utiles... Et il me tend l'enveloppe. Trois paires d'yeux braqués sur moi, je décachette. Sur la feuille, écrits péniblement, quelques mots :

« Julie — Je te demande pardon. Je suis malade. C'est Jaunet. Les autres chats aussi. Pas Moune. Savais pas ce que je faisais. En train de mourir. Rien à faire. Trop tard. Trop seul. Je t'aime — Pierre. »

Sans un mot je la remets à l'agent d'un geste automatique.

— Oui, vous pouvez la garder.

Plus capable de pleurer vraiment. Simplement des larmes roulant jusqu'à ma bouche. Pierre, oh Pierre, je vais essayer de te pardonner, j'avais tant d'amitié pour toi, et tu as tant souffert, jusqu'au délire ! Tu es si peu responsable ! Je ne te désirais pas, grand géant sombre aux yeux clairs, mais je t'aimais beaucoup. Les gestes terribles que tu as faits à cause de l'amour d'une femme qui ne le méritait guère, avaient fait de toi cet ermite névrosé hanté par la mort. Malgré tout tu avais recommencé à aimer une pauvre petite Julie qui attendait de toi secours, protection et amitié. Avant que ta névrose et la maladie de tes chats ne transgressent ton esprit tu me suppliais de partir. Je n'ai pas voulu t'écouter. Et ce fut plus fort que toi. La maladie a eu raison de toi. Mais tu as pensé à moi en dernier lieu. Je garderai un peu de ta présence en moi, et ta caravelle, délivrée de ses maléfices, me suivra où que j'aille.

Je passerai la nuit chez madame Dussault. Demain quelqu'un m'accompagnera à ma cabane pour chercher mes affaires, et Moune si elle est toujours là. Puis Robert viendra me chercher. Le docteur Blouin me donne une piqûre sédative ; j'ai quand même le temps de penser à la succession de catastrophes : c'était cela, le nuage noir, imprécis, que j'apercevais à l'horizon. Le drame de Pierre, l'empoisonnement de Louis, les aveux terribles de Pierre, le viol qu'il m'a fait subir, et puis sa mort. Reste-t-il encore quelques stations à ce chemin de croix ?

Sommeil chimique épais, sans images.

*
* *

Pierre, homme de violence, tu as subi la justice par les êtres que tu aimais le plus : tes chats. Ils ont péri avec toi, du même mal, de la même mort terrible. La Rôdeuse t'avait marqué de son signe ; elle que tu avais mandée autrefois comme complice de ton amour et de ta vengeance. Et voilà, il n'y a plus de Pierre, plus de chats. Juste Moune au regard inquiet serrée contre moi dans l'auto de Robert qui me ramène vers la ville, fuyant cette forêt devenue maléfique. Le fil conducteur passe par la presque-mort de Louis, cet innocent qui lui aussi m'aime sans réussir à me gagner tout à fait. Il y a quelques années j'ignorais l'existance de Louisette, la femme que Pierre a sacrifiée avec ses deux petits à son amour fou pour Astrid ; et cette Astrid trop légère immolée avec Antoine son amant ; tout cela avait fait de Pierre un homme torturé se détruisant lui-même et tentant parfois de détruire les autres, mort par ce qu'il avait aimé, mort parce qu'il avait aimé, mort en aimant, joignant aux siennes les contorsions douloureuses de ses chats.

Tout cela a noirci ma forêt, rempli de fantômes les environs de ma cabane, fait exploser la paix de mon refuge, transformé mon paradis en enfer. L'enfer-ville que je fuyais devient maintenant, par un curieux revirement, mon nouveau refuge.

Et toi, Françis ? Toi que je ne vois plus dans le lacis des lignes de ma main où convergent tant de drames noués en fine grilles, où es-tu ? Qui es-tu ?

Je suis revenue chez nous, posant un regard étranger sur un univers pourtant connu, pour essayer de renouer des liens. La chatte Moune, effarouchée, s'est d'abord réfugiée dans mon placard, puis s'est risquée à explorer, tressant son odeur subtile entre toutes les surfaces et tous les objets qu'elle a d'abord apprivoisés du nez. Elle laisse ainsi un peu d'elle-même partout, pour se sentir chez elle. Je devrais agir comme Moune. Mais moi, c'est du regard et de l'ouïe que je refais mien l'environnement. Rien ni personne en cette maison n'a changé. Moi oui. Et je les vois autrement. Je me sens comme l'arbre émondé saignant de sève, mais que les blessures rendront plus beau, plus grand, plus fort. J'ai mal. Mais j'ai effectué la traversée du désert. J'ai mal. Mais je me sens vivante. Je suis silence. Mais tout parle en moi. Comme après la corrida ; tout est sang ; mais l'air est allégé. La mort de Pierre fut le vaccin final, difficile à assimiler, me conférant cependant une force nouvelle, une sorte de protection. Sa violence a coulé dans mes veines, s'amalgamant à mes énergies vitales pour me transformer en forteresse.

Je suis habitée par le souvenir de Pierre, qu'à tout instant Moune me rappelle.

Mais toi, Francis ?

J'ai appelé au bureau pour dire que je rentrais bientôt. Et j'ai demandé si tu étais là. La téléphoniste m'a avertie de ton départ.

— Parti ? Depuis quand ? Pour tout le temps ?

— Oui, madame Deschambault !

J'ai demandé à parler à Georges. Il m'a raconté qu'il te fut offert un nouveau poste à Vancouver, et que tu avais quitté le bureau depuis deux semaines.

— Et Hélène ? Et ses enfants ?

Georges a répondu que tu avais vendu ta maison très vite, « un coup de chance ! », qu'Hélène et tes trois petits sont allés te rejoindre au bout de quelques jours, et qu'étant sur le point d'accoucher, elle mettrait là-bas son enfant au monde. Ton enfant.

— Hélène et toi étiez bien liées, n'est-ce pas ? C'est curieux qu'elle ne t'ait pas écrit, Julie ?

J'ai découvert une lettre d'Hélène dans la pile de courrier que j'avais négligé d'ouvrir, trop habitée par les derniers événements. J'ai ouvert la lettre. Hélène m'expliquait leur départ, et promettait de m'écrire. « Francis te fait dire bonjour et bonne chance. »

Francis te fait dire bonjour et bonne chance.

Francis te fait dire... Solitude. Abandon. La dernière amarre rompue. Te voilà parti, Francis. Je sentais ne plus devoir te retrouver jamais. Et je te l'ai écrit quelques pages auparavant. Je le pressentais ; trop beau pour durer, ce roman ! Ton dernier amour fut un adieu ; tu le savais déjà, probablement. Pas moi. Merci de me l'avoir caché, je me serais écroulée. Tandis que maintenant, avec la grande vague sombre qui a roulé sur moi, ton soleil s'est voilé, éloigné lentement sans trop me faire mal. Comme quand on retire doucement la lame du couteau enfoncée dans les chairs. Je me sens libérée. Triste, mais libérée.

Francis, tu fus le messager m'accompagnant dans la traversée du désert. Comme celui de Tobie. Ton chemin n'a guère été de tout repos : c'est à travers les arêtes des rochers, les crevasses vertigineuses, les sables brûlants, que tu m'as dirigée, comme pour un rite initiatique nécessaire. Tu auras été le correspondant silencieux auquel je m'adressais depuis des semaines, et pendant des mois ; l'amour fou et vain, la longue attente, l'impatience, le rare bonheur minutieusement grugé pour en retirer la moindre bouchée de plaisir, les alternances d'espoir et de désespoir, le calme péniblement conquis démoli d'un seul regard vert ; flux et reflux d'une chiche histoire d'amour recélant plus de tourments que de joies. Tu a été si important pour moi, Francis, et je fus pour toi quantité si négligeable ! C'est injuste et pourtant je crois encore avoir la meilleure part, car j'ai vécu instant par instant cet amour impossible à moitié né et perdu d'avance, j'ai couvert tout mon horizon de ce drapeau charnel, tandis que cette histoire t'a donné seulement deux ou trois gouttes de rosée de plus sur les fleurs de ton jardin, indiscernables parmi les autres. Tu as manqué le meilleur, heureux garçon serein qui préserve sa tranquillité. Ce long monologue que je m'obstine à appeler encore « lettre » ne rejoindra jamais son destinataire : je crois bien qu'il ne comprendrait pas la coloration bizarre qu'ont pris quelques événements insignifiants à ses yeux. Oh Francis, moitié ange et moitié diable !

En fait c'est pour moi-même que j'ai écrit ces lignes ; comme je le disais au début, pour exorciser en moi le démon que tu personnifiais. Pour en périr ou découvrir une nouvelle façon de vivre. Or il n'y a rien de neuf, en apparence, dans ma vie. Je suis revenue chez moi et ça ressemble à un retour en arrière. Pourtant je recommence tout à neuf, l'âme et le coeur décapés, à vif et douloureux, mais prêts à la renaissance.

Je suis de nouveau auprès de mon mari. Robert est toujours impeccable, fermé et froid. Je suis de retour auprès de mon fils. Louis est toujours aussi stupide et accroché à moi. Je reprendrai ma place au bureau, et seul ton pupitre vide face au mien créera une impression bizarre. Bientôt quelqu'un d'autre travaillera à ta place... Y aura-t-il quelqu'un d'autre dans mon coeur pour te remplacer là aussi ? Je le sens d'acier... Mais il ne faut présumer de rien.

Je retrouve ma table et mon lit. Je retrouve mes robes et mes pilules. Je retrouve le bruit de l'aspirateur, la sonnerie du téléphone et de l'entrée, la télévision, le stéréo. Je retrouve la vie agitée. Moune contre moi, je pleure en cachette parfois le paradis perdu, TOUS les paradis entrevus puis évanouis. C'est Pierre, maintenant, que j'appelle au secours. Du haut de l'autre monde il me tend la main.

Hier j'ai cru te rencontrer dans la rue. Même silhouette, mêmes boucles rousses... mais je me suis trompée, Francis. Cependant j'ai ressenti un coup dans ma poitrine; puis le calme est revenu tout de suite. Identifiant cet inconnu à toi, je l'ai regardé disparaître dans la foule. Il s'éloignait. Tu t'éloignais. Alors j'ai compris: j'avais réellement gagné; je ne t'aime plus, tu n'es qu'un gentil souvenir. Et je me demande pourquoi je t'ai accordé tant d'importance, donné tant de place dans ma vie. Il fallait sans doute que tu sois présent à ce tournant de mon destin?

Voilà, tu t'estompes lentement. « ...et la mer efface sur le sable les pas des amants désunis », comme la vieille chanson de ma jeunesse. J'ai quarante ans. Et toute la vie devant moi. Je ne sais où je serai demain. Demain seul me le dira. Mais j'ai pris du muscle pour ramer à contre marée, pour tirer la voile en louvoyant dans le vent contraire. Mieux vaut ignorer le port où l'on se dirige que risquer d'échouer! La caravelle de Pierre m'inspire des termes maritimes. La mer est si près de la vie et si près de la mort! La caravelle, comme Moune, m'aide à accomplir un autre bout de chemin. Toi, Francis, tu n'es plus là, tu as évacué mon espace intérieur après l'avoir occupé presque tout entier. Tu as été une étape... Pierre, même mort, me semble plus vivant que toi, plus près de moi que toi maintenant ; je sens son âme tout contre la mienne, délivrée à jamais de toute sa violence dont je fus victime. Toi, te voilà rendu à l'autre bout du pays comme au terme d'une fuite, songeant si peu à moi dans ton nouvel univers peuplé de ta femme et tes trois petits, et peut-être aussi le quatrième déjà là, drainant toute ton attention. Et cela ne me cause plus aucun mal de te savoir si loin, à tout jamais. Cela devait être, cela est. Te détachant de notre ville, tu te coupes de moi en me coupant de toi. La distance entre nous n'est pas que physique et matérielle, tout un monde nous sépare.

Je regrette pourtant ce qui aurait pu être si beau et ne fut pas. Adieu, Francis, toi qui un instant croisas ma route !

Sur l'échiquier la dame est tombée.

Je me sens malgré tout libérée et si pleine de vie !

*
* *

« Sur l'échiquier la dame est tombée »

Publié pour célébrer la mémoire d'une incomprise affamée de vivre et d'aimer. JULIE DESCHAMBAULT, décédée dans un accident d'automobile en même temps que sa chatte Moune, et enterrée avec sa caravelle.

Certaines morts sont des tragédies. Pour Julie, j'en suis certain, c'est, après la traversée du désert, l'accès à la terre promise.

Celui qui l'aimait sans avoir jamais su le lui démontrer, et qui se sent privé de tout par son départ,

Robert Deschambault

février 1978